KB212837

단풍객잔

단풍객잔 김명리 산문집

초판 1쇄 발행 2021년 7월 30일
초판 3쇄 발행 2021년 12월 20일
글쓴이 김명리 **펴낸이** 박성모 **펴낸곳** 소명출판 **출판등록** 제13-522호
주소 서울시 서초구 서초중앙로6길 15, 2층
전화 02-585-7840 **팩스** 02-585-7848
전자우편 somyungbooks@daum.net **홈페이지** www.somyong.co.kr

값 16,000원
ISBN 979-11-5905-624-6 03810
ⓒ 김명리, 2021

잘못된 책은 바꾸어드립니다.
이 책은 저작권법의 보호를 받는 저작물이므로 무단전재와 복제를 금하며,
이 책의 전부 또는 일부를 이용하려면 반드시 사전에 저자와 소명출판의 동의를 받아야 합니다.

단풍객잔

丹楓客棧

김명리 산문집

단풍객잔으로의 초대

정극인丁克仁은 상춘곡賞春曲에서 "화풍和風이 건듯 부러 녹수綠水를 건너오니,
청향淸香은 잔盞에 지고 낙홍落紅은 옷에 진다"고 노래했다.

한순간 머물렀다 떠나는 가을잎 잎잎 속에는 저마다의 호젓하고 저마다의
반짝이는 객점客店이 있으려니

청향낙홍 천만千萬 사絲 가고 오고 오고 또 가는 무정세월이여

단풍잎 객잔 속에 온갖 시름 부려놓으시라, 한바탕 영롱하게 쉬어가시라.

이 책은 경기문화재단 '2021년 창작집 지원 대상' 수필집 부문에 선정되었습니다.

이 책에 수록된 사진들은 모두 작가가 찍은 것이며, 몇몇 인용한 사진은 출처를 언급했습니다.

작가의 뜻에 따라 신문, 잡지 등 지면에 게재한 연도(年度)를 따로 부기(附記)하지 않았으며
이 책의 게재 순서 또한 연대기(年代記) 순(順)이 아님을 알립니다.

청렬淸洌과 낙조落照

하루에도 쏟아져 나오는 산문집들이 저토록 많은데 나마저 보태어야 할까? 산문집 출간 제의를 받은 적은 여러 차례 있었지만 굳이 산문집을 내어야겠다고 마음먹은 바가 없었던 때문인지 그동안 신문이며 잡지, 사보 등에 게재한 글이며 단행본들을 일목요연하게 보관해두지를 않았었다. 1991년 난생 처음으로 컴퓨터를 마련하기 전에 썼던 수많은 글과 노트, 잡지들은 숱하게 이사를 다니면서 그 대부분을 잃어버렸다.

더욱이 2014년 석 달 동안의 네팔 여행 중 박타푸르의 돌밭에서 노트북이 파손되는 바람에 네팔 히말라야를 단신單身으로 떠돌며 썼던 단상이며 메모들, 노트북 안에 저장돼 있던 글 모두를 잃어버리고 영구히 복구하지 못하게 되었으니, 쓰는 일에만 골몰할 뿐 쓴 글들을 차곡차곡 갈무리해

5

보관해 두어야 한다는 사실조차 한쪽 귀로 흘려들었던 내 무지와 게으름 탓에 흩어진 글을 모으는 일이 새로이 글을 쓰기보다 내게는 크게 더 어려 웠음은 두말할 나위 없을 터이다.

한밤 내 봄을 재촉하는 빗소리에 뒤척인 까끌한 입맛에 아침 냇물로 쌀뜨물 받아 끓인 쑥국 맛 나는 글!

냉골의 이부자리에서 읽어도 절로 혼곤하고 절로 따뜻해져서 부옇게 날이 밝아오는 내내 이만하면 살 만하지 아니한가, 저도 모르는 사이 새벽 단잠에 빠져드는 글!

우리 풀뿌리말의 맛깔이 신산한 삶의 아궁이에 군불 들어온 듯이나 은 근하고 녹진한 갱엿 맛 나는 글을 쓰고 싶었으나 그러하지 못했다는 자책 을 스스로 위로 삼아 지내던 터에.

해 늬엇 넘어가는 봄날 어스름 무렵 집의 창고에서 무언가를 찾느라 여기저기를 뒤적이던 중 어두컴컴한 맨 아래 쪽 두 개의 박스 속에서 옛 글 들을 프린트해 둔 A4용지들이 무더기로 쏟아져 나왔다. 신문에 연재한 글 들을 스크랩해 둔 파일들도 색이 바랜 채 더러는 남아 있었다.

1984년 등단 후부터 2021년까지의 거의 반생半生에 이르는 기간 동안 신문, 잡지 등의 여러 지면에 게재했던 글들 중 박스 속에 보관돼 살아남은 글들에서 솎아낼 것들 솎아내고 추릴 것은 추려어 마침내 첫 산문집을 엮는다. 간간이나마 페이스북에 올렸던 단상들은 노트북 파손과는 별개로 글이 온존溫存해 2013년 여름을 시작으로 2021년 초봄까지의 포스팅 글 일부와 2014년 네팔에 머무는 동안 wi-fi가 터지던 곳에서 짧게, 잠깐씩이나마 스마트폰에다 적었으므로 유실을 면했던 네팔 기행의 몇몇 자취들도 이 책에 포함시키기로 했다.

수십 년 동안 흩어져 있던 조각글들이 한 권의 책으로 묶여 나오기까지 누구보다 먼저 소명출판 박성모 대표님께 깊은 감사의 마음을 전하고 싶다. 긴 긴 마음의 우기雨期와 잦은 병치레로 70% 남짓 정리돼가던 원고를 오랜 시간 손에서 놓을 수밖에 없었는데 "건강회복에만 신경 써라, 원고가 될 때까지 우리는 기다리겠다" 하시던 박 대표님께 감사하는 마음 헤아리기가 어렵다.

사마상여司馬相如는 자신의 붓끝을 입으로 빨아 그것이 삭아서 닳아질 정도가 되어야 비로소 문장을 써내려갈 수 있었다고 한다. 외롭고 가파르기만 한 생애 속에서도 비 그친 저녁녘 산그늘이 내리는 듯 청렬淸洌한 문장, 가을 낙조落照와도 같이 아득히 광활하고 접힌 데 없이 창연蒼然한 생각들을 담고 싶었으나 타고난 비재非才와 게으름으로 궁색하고 수줍은 글들로 채워진 첫 산문집이 되고야 말았으니 돌아보는 마음 되우 낯 뜨겁고 스스로 부끄럽기만 하다.

해마다의 이맘때면

헐벗은 나무들의 우듬지마다

잎잎 연둣빛으로 되살아오는 어머니를 그리며

송라산 하下 단풍객잔에서 2021년 봄 김명리 씀

차례

제2부

쉿, 임종중입니다

제3부

쇠망치를 삼켰으니 바늘을 꺼내야 한다

제4부

곧 가을이 오리라

제5부

도스토예프스키의 홍차

제6부

개와 사람, 비의 저 백골들

제7부

책으로 세운 청춘의 기념비

네팔에 오면 네팔리가 되어라!

달 속 계수나무
꺾으러 가세

적소謫所

겨울나무 텅 빈 둥지에 하늘의 와편瓦片들이 포개져 있다

비의 가장자리로 날아가던 새 한 마리
"어디에 사느냐?" 가던 길 멈추고 내게 묻는다

층층나무 겨울 단칸방에 세 들어 산다

망초밭 지나고 으름덩굴 지나고
햇빛 쪽으로 기우는 가지들의 십오도 경사傾斜
그러나 아무도 모르는 곳

방촌坊村의 검은 벽엔 백 년 전 달력이 내어걸렸다

뽕나무 한 그루

집의 대문간에 뽕나무 한 그루가 있다. 단 한 그루의 뽕나무일 뿐이지만 소출은 제법 넉넉해서 한 해 중 유월 한 달은 손바닥, 혓바닥이 온통 새까매지도록 오디를 양껏 먹을 수 있으니 저 한 그루 나무가 내게는 귀하고 어여쁘고 감사하기 이를 데 없다.

엊그제 새벽 세차게 불어 닥친 비바람에 떨어진 오디를 나무젓가락으로 한 알 한 알 줍고 모아 오늘 난생 처음으로 오디술을 담갔다. 바람소리, 물소리, 새소리가 오디를 저만큼이나 장하게 풍성하게 매달리게 했을 터이지만 평상시에는 뽕나무가 거기 서 있는지 그다지 의식치 못했다가 오디가 열리는 이맘때쯤이면 아, 올해도 어김없이 오디가 왔구나, 뽕나무가 참으로 무성히도 자랐구나! 하루하루 탄복하며 눈여겨보게도 되는 것이다.

한寒추위에 베옷에 짚신을 신고 방안에는 오직 의자 하나만이 놓여있을 뿐이었다는 양적현陽翟縣 사람 두생杜生이 문밖을 나가지 않은 지가 삼십 년을 넘었는데, 친구 여양위黎陽尉가 방문하여 이유를 묻자 두생이 문 앞의 뽕나무 한 그루를 가리키며, "십오 년 전에 저 뽕나무 밑에서 더위를 피한 적이 있었으되, 그저 일이 없어 우연히 나가지 않았을 뿐입니다"라고 했다는 일화를 떠올리게 되는 것도 늘 이 무렵의 내 집 대문간 뽕나무 그늘 아래에서이다.

설해목雪害木 앞에서

얼어붙은 구름장을 용케도 꺼뜨리지 않고 게으른 새들마저 대오를 이루어 남쪽으로 갔다. 내 사는 골짜기에 날아들던 해오라기는 그림자도 안 보이고 폭설에 부러진 왕벚나무 가지의 쩍 벌어진 물관 가득 살얼음이 차올라 있다. 참나무가 쓰러질 때 몇 리 밖에서도 들을 수 있을 정도로 신음 소리를 낸다는 기록을 본 적이 있는데, 나는 나무의 비명소리라도 들은 듯 가슴을 조이며 골짜기 소롯길을 힘겹게 오른다.

거세게 몰아치던 태풍에도 끄덕 않던 나무들이 이번 폭설에 너무도 많이 무너져 내렸다. 눈의 무게를 이기지 못한 향나무와 적송, 물박달나무 들이 그 큰 둥치를 허물고 길의 한켠으로 쓰러져 있다. 단단한 나무일수록 안에서부터 갈라진다는 말이 사실인 듯, 목질이 무른 나무들보다 살갗이 팽팽한 상록수들이 더 크게 상처의 틈이 벌어져 있다. 자신을 끊어내는 힘조차 그만큼 단호하다는 것일까.

설해목 앞에 무릎을 구부리고 있자니, 나무들의 장의행렬葬儀行列인 듯 갖가지 수피의 나무군단이 차례로 도열하듯 눈앞에 어른거린다. 경북 고산의 느티나무와 각북의 털왕버들, 정선 가수리의 느릅 당산목, 적천사, 영국사의 은행나무들. 창녕 가는 길목의 초등학교 교정에 오두마니 서 있던 수양벚나무 — 그 진홍의 꽃물결은 마치 장원급제의 관모 위에서 나부끼는 어사화御賜花를 보는 듯했다.

대개가 오백 년에서 칠팔백 년 사이, 정확한 수령을 예측할 수 없는 저 노거수老巨樹들은 저마다 '유주'라고 불리는 상처의 향낭香囊들을 주렁주렁 매달고 신록의 잎새들을 무한정 뿜어내고 있었다. 바위덩어리를 뚫고 휘돌아, 다시 대지에 완강히 붙박은 저들의 뿌리가 길어 올린 몇 움큼의 물이 초록 잎사귀의 은어 떼들을 봄 하늘 가득히 풀어놓고 있었던 것이다. 옆구리에 구멍이 뚫린 채 완전히 속을 비워버린 검은 형해 속에는 비닐봉지와 담배꽁초와 플라스틱 조각이 나뒹굴고 있었지만, 거짓말처럼 그 나무에 새 가지 움이 트고 그 가지들 잎잎이 뿜어 올리는 애틋한 기운은 사람의 목구멍으로 삼키기엔 너무도 푸르고 경이로웠다.

그러고 보면 상처 둘레로 진액을 내뿜어 서서히 오래도록 그 상처를 감아가는 나무는 인간과 가장 가까운 종족임에 틀림없겠다. 고대 몰루카 제도에서는 정향나무가 꽃을 피우면 회임한 인간의 여자처럼 극진히 보살

퍼주었다 하니, 신단수神壇樹 아래 돌을 쌓고 제를 올리며 나무정령에 머리를 조아려 발원하는 이유를 이제 알겠다.

유전자 구조가 인간과 거의 일치하는 생물이 나무라고 한다. 나무의 나이테를 보면 그가 감내했을 기후 조건과 생태 환경의 적응 정도를 그 촘촘함과 느슨함으로 기록하고 있음을 엿볼 수 있다. 그렇듯 자연에서 죽은 나무 또한 온갖 벌레들에게 자신의 몸을 내어주고 흙으로 되돌아간다. 소나무는 목숨이 다했을 때 그 썩어가는 속도가 인간의 죽은 몸이 육탈하는 정도와 같다고 하지 않던가. 나무가 자신의 상처를 감아쥐는 모습을 유심히 지켜보면, 인간이 흘려보낸 세월의 박피들이 서서히 그 내면의 공동空洞을 메우는 것과 다를 바 없음을 새삼 깨닫게 된다.

홍릉洪陵과 유릉裕陵을 왼쪽으로 두르고 벚나무 길을 촘촘한 걸음으로 한 스무 걸음쯤 내딛으면 닿을 때마다 가슴을 퉁탕거리게 하는 비밀한 습지가 나온다. 이 습지를 가로지르며 쥬쥬, 치이, 치이 하고 우는 놈은 박새다. 나는 입술을 최대한 뾰족하게 내밀어 박새의 울음을 흉내내본다. 잔설에 바짝 얼어붙은 텅 빈 나뭇가지 속을 눈으로 더듬어본다. 아아 한 마리도 없다. 아직도 짙은 겨울의 살얼음 속이다. 내 마음의 습지를 그대로 떠다 놓은 듯한 이 골짜기는 영원英園의 저쪽에서 옮아온 온갖 나무와 새들과 사람의 서러움조차 아직은 한 곳에 고스란히 붙박아 둘 기세다. 그러나 이제 몇 밤만 자고 나면 부지깽이를 거꾸로 꽂아두어도 잎을 틔운다는 봄이 올 것이다.

종鐘 이야기

중고등학교 다닐 무렵의 우리집은 등산로가 막 시작되는 산의 초입에 있었다. 흔히 도시의 변두리를 감싸 안고 있는 여느 야산들처럼 바라보기에도 오르기에도 적당한 정도의 높이가 아니었다. 대할 때마다 입이 떡 벌어지게 만드는, 바위벼랑이 깎아지른 듯 사람을 위압하는 굉장히 높고도 험준한 산이었다.

해마다 문풍지를 떼낼 무렵이면 꽃 시샘하는 바람소리가 마치 그 산의 허파에서 시작되는 것처럼 쉴 새 없이 웅웅거리며 들려오곤 했다. 3월 아침의 등교 길에 바라보는 그 산의 등성이는 마치 갑각류의 딱딱한 껍질이 저의 깊숙한 안쪽에서 몰아쉬는 숨으로 인해 들썩이는 것처럼 보였다.

그 봄의 바람 심하게 부는 어느 날인가 혼자 산을 오르다가 심하게 코피를 쏟았던 적이 있다. 코피를 멎게 하려고 이마를 뒤로 젖히는 순간 환청인가 싶게, 온몸이 휘청할 정도로 커다란 산울림이 딛고 서있던 너럭바위 틈을 비집고 솟아올랐다. 산 전체가 한번 커다랗게 뒤척이면서 끙! 하고 내지르는 신음소리 같았는데, 산을 되짚어 내려온 후에도 아주 오랫동안 귓속의 이명과 다리의 후들거림이 멎지 않았다.

겨우내 얼어붙었던 바위며 흙덩이, 나무의 뿌리들이 봄 햇발에 기지개를 켜는 소리라고 말해준 건 어머니셨다. "어떤 산에 아주 좋은 흙이 있어 그 흙을 퍼다가 종을 만들었는데, 종을 칠 때마다 산의 나무며, 시내며, 바위들도 덩달아 쟁쟁 울리더란다" 하는 이야기를 들은 것도 저 먼 봄밤의 후들거리는 이부자리 속에서였으리라.

우수에서 경칩 지나는 사이, 대지의 아득히 깊은 곳으로부터 봄기운이 솟아오르기 시작할 무렵이면 나무들이 뿌리에서 가지 끝으로 세차게 흘려보내는 물소리가 쟁쟁하게 들린다. 가만히 앉아있는데도 걷잡을 수 없이 코피가 터지곤 한다. 『파라관집婆羅館集』을 펼쳐 "산이 고요하면 낮도 밤 같고, 산이 담박하면 봄도 가을 같고, 산이 텅 비었으면 따뜻해도 추운 것 같고, 산이 깊숙하면 맑아도 비 내리는 것 같다"라는 시문詩文 구절을 몇 번이고 읊조리며 부산한 마음을 가라앉힌다.

사는 일에 숨이 가쁠 때마다 한 사발 무공해 탕약을 들이켜듯 그날 그 산울림의 기억이며 내 어머니가 들려주신 종鐘 이야기를 떠올려 본다.

사샤의 집에는 봄이 왔을까?

입춘·경칩 다 지나고 꽃 시새움하는 바람이 내 집 창틀을 사납게 흔들어대는 이즈음이면 나도 모르게 중얼거리곤 하는 소동파蘇東坡의 시구詩句가 있다. "봄밤 한 시각이 천금의 값어치라春宵一刻値千金……."

당송시대唐宋時代의 시인들, 특히 소식蘇軾 동파의 삶과 시에 내 마음이 간 데 없이 이끌리기 시작한 것은 퍽 오래 전 일이다. 한 사람이 자신의 전 생애를 통해 봄을 맞는 햇수가 고작 몇 번일 것인가를 생각해 보면,「봄밤」의 저 구절은 심금에 와 닿는 절절함이 해가 더할수록 깊어지는 것이 당연할 터이다.

겨우내 동면하던 개구리마냥 집안에만 웅크려 있던 몸이 자꾸만 밖으로 나가자고 보챈다. 새로 밥을 안치고 흙 털어낸 냉이를 참기름에 버무려 오늘은 모처럼 식구의 작업실이 있는 덕소 어귀까지 봄 마중을 나가보기로 한다.

어느 해였던가, 작업실로 가는 저물 무렵 산길에서 나뭇가지 끝에 대롱대롱 매달린 개구리를 보고 무척 놀란 적이 있었다. 못된 개구리가 효수梟首를 당했나…… 서늘한 머리 뒤꼭지를 웃음으로 휘저으며 가던 걸음을 재촉했는데, 그것이 먹이를 저장하는 습성을 지닌 때까치의 소행이었다니! 나는 나를 덥석 물어다 청천의 나뭇가지 끝에 휘영청 꿰어버릴지도 모를 때까치 떼가 날아오나, 안 오나 텅 빈 봄하늘을 두리번 살펴보며 집을 나선다.

우사牛舍를 개조한 서른 평 창고는 남편이 햇수로 8년째 작업실로 쓰고 있는 곳이다. 그린벨트가 마을의 허리께를 두르고 있어 서너 채 창고 외에는 드문드문 시골집들이 들어 서 있지만, 팬스레 허공을 향해 푸우우 콧김을 터뜨리던 그 많던 소들은 어느 사이엔가 모두들 자취를 감추었다.

남편이 나무를 재어두는 두어 평 공터에 잇닿은 창고는 8년 사이 입주자가 다섯 차례나 바뀌었는데, 지금은 비디오테이프 재생 공장으로 쓰이고 있는 우리 이웃집을 나는 한동안 '사샤의 집'이라 불렀다. 테이프 박스들이 발 디딜 곳 없이 적재돼 있는 창고 한 귀퉁이를 베니어 칸막이로 두르고, 사샤는 재러 교포인 그의 남편 '김'과 함께 두 번의 얼어붙은 겨울을 그곳에서 났다.

결혼한 지 십 년 만에 그토록 기다리던 아이가 생겼다며 붉은 코끝을 더욱 붉히던 러시아 여인 사샤는 일 년 동안 애써 모은 돈을 누군가에게 떼이고, 나머지 돈마저 일시에 날려버릴 위기에 떠밀려 뱃속의 아기와 함께 황급히 우즈베키스탄으로 떠났다.

매운바람이 몹시 몰아치던 겨울밤, 예고도 없이 들이닥친 우리 부부를 보자마자 사샤의 커다란 푸른 눈에 금세 수정방울 같은 눈물이 매어 달린다. 우리 부부에게 주려고 만들었다며 꼼꼼히도 수놓은 모자와 목걸이를 내밀던 그녀가 내일 아침 비행기로 이곳을 떠난다고 한다.

남편 '김'은 함께 갈 수 없다고 하니 아기의 출산을 아빠가 지켜볼 수도 없게 되었다. 들고 간 부끄러운 시집 갈피에 아기의 옷이나 사주라며 가랑잎 같은 몇 푼의 돈을 찔러 넣어주었지만 되돌아서 나오는 마음 천근인 양 무겁다.

천지만물에 새움 트고 뭇 생물들의 푸르디푸를 성낭聲囊이 한사코 부풀기 시작하는 이맘때, 이르면 오늘내일 푸른 눈, 몽고반점을 두른 아기의 울음소리가 귓전에 까마득히 들려올 듯한데…… 휴우, 이 계절의 가장 가냘픈 어린 꽃망울에 기도하듯 사람의 한숨이 스미면 회환 가득할 지난 겨울의 상처 언저리에도 치유의 노래, 신생의 노래 서럽도록 쟁쟁히 울려 퍼지지 않을 것인지.

우리들의 봄

요즘은 나날의 삶이 기적 같기만 하다. 빈들에, 겨우내 움츠렸던 나뭇가지에 푸르른 기운이 물결처럼 움터오고 꽝꽝 닫혔던 겨울 집집의 창틀 먼지들이 제 무슨 아지랑이인 양 봄 햇살에 한껏 숨 가쁜 매무새를 흩어 보이고 있다. 그렇다. 무슨 점령군처럼 헤집고 군림하고 호령하는 숱한 세금 고지서들과 망둥이처럼 튀어 오르는 물가고 속에서도 봄은 기어코 우리 앞에 당도하고 있는 것이다.

쑥이며 냉이며 쌉싸름한 씀바귀들을 제각기 몇 움큼씩 소쿠리째 여다 팔고 있는 청량리 경동시장 한 모퉁이, 도무지 거쳐 온 세월을 가늠하기 힘든 저기 저 할먼네들의 주름살 깊디깊은 고랑 고랑마다에도 봄햇살은 영락없는 종종걸음으로 모여들고 있는 것이다. 이맘때면 화주花酒 한 잔 몰래 들이켠 엔네처럼 꽃가지 귓불에 어른거리듯, 손주들 주전부리나 기껏 간고등어 한 손 품으로 건네는 그네들 거친 손마디 끝에 봄은 또 울컥울컥 되살아오는 것은 아닌지.

누가 한가한 정을 오랫동안 내버렸다고 말했던가

봄이 올 때마다 슬픔 또한 의구하니

날마다 꽃 앞에서 항상 근심스레 술을 마셔

거울 속 붉은 얼굴 수척해짐을 마다하지 않는다

둑방 위 무성한 풀 강가의 버들은

새로운 근심이 무슨 일로 해마다 있느냐고 묻는다

작은 다리 위에 홀로 서니 바람이 소매를 부풀리고

가지런한 숲 위의 초생달은 사람과 더불어 돌아온다

북송시대北宋時代의 풍기를 열었다 일컬어지는 정중正中 풍연기馮延己의 사詞를 마음으로 어루며 돌아오는 저녁답 어스름 속으로 크낙새 깃털만큼씩 한 자목련, 백목련 잎사귀들이 후드득 바람에 진다. 돌아와, 아침에 끓인 된장국 냄비 속에 냉이랑 달래랑을 한 움큼씩 넣고 되끓인 두리반 상머리의 향긋함이 쉬이 가셔내지 못하는 신산함은 지난 겨우내 묵혔던 묵은 된장의 아랫맛만은 아니었으리. 생애의 저무는 바위 틈에서 마악 길어 올린 한 사발 약수 같은 봄이 사나흘 식탁 위에 차려지고, 입맛을 궂힐수록 마음 안으로 어떤 알 수 없는 훼멸毀滅의 기운이 더 깊이 넌출 뻗는 것은 웬일일까.

　우리 어릴 적 앞산 영마루 캄캄히 저물도록 쏘다니며 캐고 또 캐내었던, 더 많이는 먹을 수 없었던 앉은뱅이 이름 모를 풀꽃들에 가득 뒤섞여 흐르던 나물바구니의 저 비밀한 두근거림이 그 속엔 이미 없었던 탓이었을까. 생멸生滅…… 아아 웬걸, 그 마실 할먼네들 차박차박 달빛 재촉하여 저물도록 사립짝 기대고 선 아이고 내 새끼, 내 귀여운 손주놈들 고사리 손바닥 위에 옛다, 과자 봉다리 터억하니 얹어주며 주름진 양 볼 흩어지도록 봉오리 참꽃 피워 올리고 있을지. 누가 알아, 늦은 상머리 흠흠 가시 발라가며 "아가, 봄날이 고대 스무레만 더 길었으면……" 했을는지도.

　둥근팟속처럼 아리고 헛헛한 인정人情의 텃밭 가으로 쑥 향기 더욱 흐드러지는 이 봄날.

절기節氣의 힘

달력 속의 1, 2, 3, 4, 5…… 큼직한 고딕체로 인쇄된 아라비아 숫자들 아래 스밀 듯 작은 활자로 붙박여 있는 절기節氣 표식을 보고 있노라면 묘한 무량감이 들 때가 있다.

입춘立春, 우수雨水, 경칩驚蟄, 백로白露, 상강霜降…… 피부로 실감돼 오는 계절보다 훨씬 이르게 이미 우리들 곁에 당도해 자리 잡고 있는 절기는 한 해를 스물넷으로 나눈 계절의 구분으로 시령時令 혹은 절후節候라 불리기도 한다.

아직도 꽝꽝한 겨울 들판에 어리둥절 새파란 보리싹 고개 내어 미는 듯한 절기! 살을 에는 동장군 기세 속에서도 불철주야 움트는 씨앗 묻어둔 자리, 그 아슬아슬 절묘한 표착의 기미를 뉘라서 외면할 수 있을까. 바닷물에 떠돌던 씨앗 한 개, 철새의 발바닥에 붙은 씨앗 한 개가 대륙을 건너가 새로운 숲을 이룬다고 하지 않던가.

제 아무리 무정한 사람이라도 한 번 붙들리면 마음에 자리 잡는 미혹 迷惑은 뿌리칠 수가 없으려니 "들불에 타버린 풀밭, 봄바람이 어루만지면 다시 되살아나네野火 燒不盡 春風吹又生" 백거이白居易의 시 한 수를 몇 번이고 되풀이 읊조리면서 봄이 오면, 이 겨울만 지나가면…… 다가오는 절기를 애타는 마음으로 손꼽는 것만으로도 어디론가부터 보이지 않는 힘이 생겨나는 것 같다. 끝 간 데 없이 늘어진 마음을 추스르게 만드는 힘이 생겨나는 것 같다.

동백 꽃분에 되 핀 사랑

해마다 맞는 봄이지만 산하에 피어나는 봄꽃만 한 해사한 웃음이 또 어디 있으랴. 겨울이 가장 길고 혹독하다는 양평 산기슭에 엎드린 우리집 마당가에는 참았던 격정을 뒤늦게 터뜨리듯 이제야 산벚꽃 피고 개나리 흐드러지고 앵두나무 우듬지마다 붉디붉은 화색이 돈다. 딴에는 지난겨울 매서운 추위에도 숨을 놓치지 않고 그 가녀린 가지마다에 촉촉한 꽃망울, 형형색색의 등빛들을 매달기는 쉽지 않았으리라.

꽃가지를 열고 도톰히 올라오는 꽃망울을 볼 때마다 더할 수 없이 애틋한 꽃빛으로 떠오르는 할머니 한 분이 있다. 몇 해 전 이른 봄, 고향에 일이 있어 내려갔다가 상행선 무궁화호를 타고 집으로 돌아오는 길이었다. 기차가 김천역에 들어서고 나서야 동백분冬柏盆 하나를 꼬옥 품은 할머니 한 분이 넘어질 듯 위태롭게 개찰구를 향해 뛰어오고 계셨다. 평일이어서 제법 한산한 객차에 빈 좌석이 많았지만 내가 손을 이끌고 동백분을 받아드려서야 그분은 내 옆 좌석에 자리를 잡고 깊은 숨을 돌리시었다. 일흔 중반은 훌쩍 넘어 보이는 연세에도 자태가 곱고 눈빛이 맑은 할머니셨다.

손가방 하나 없이 동백분 하나를 달랑 가슴에 안고 할머니는 홀로 어디로 가시는 걸까? 품안에 움켜 안은 동백꽃 몽우리 할머니 들숨 따라 위로 아래로 고요히 흔들리는데, 그 꽃 몽우리 할머니 자태처럼 곱다 하니 이런 꽃분이 다 무슨 소용이냐며 아득히 먼 눈빛이 되신다.

사천 앞바다에 영감님의 유해를 뿌리고 오시는 길이라고 했다. 먼 길 떠나보내고 나니 보고 싶어 견딜 수가 없노라고 웃음 반, 울음 반인 할머니 모습이 저러다 금세라도 터뜨리지 싶은 동백꽃 몽우리 같은데, "살아 있는 동안 많이많이 사랑해, 맘속에만 여며둬서 나처럼 후회 말고 아낌없이 사랑해야 돼!" 참았던 울음을 기어이 터뜨리신다.

사천 사는 가난한 둘째딸이 아버지 보듯 하라며 안겨주더라는 동백분. 오래 안고 있자니 그 양반 혼령인 듯 이렇게 보드랍고 이렇게 따뜻할 수 없다며 주름살 가득 연분홍 꽃빛을 띄우시던 할머니, 그 때 고운 할머니는 지금쯤 낙화하는 동백꽃 숭어리만큼이나 고요히 당신의 슬픔을 가슴 깊숙한 곳으로 내려놓으셨을 것만 같다.

가파름이여, 돌아보지 말라

하진부에서 꺾어드는 길을 버리고 강릉과 묵호, 동해를 거쳐 저물녘에 백복령을 넘는다. 좌우로 굽이치는 능선이며 까마득한 단애, 빗물 머금은 검보랏빛 구름장들이 눈 깜짝할 사이 거센 물보라로 휘날리는데, 산사태로 무너져 내린 돌무더기들을 간신히 비껴나니 그 지역 사람들이 흔히 '뺑대'라고 부르는 깎아지른 벼랑들이 닿으면 소름끼칠 듯 빼어난 위용으로 인간의 나약함을 굽어보고 있다.

장마는 끝났다고 해도 빗줄기는 연일 이어지는 날들이었다. 민박집 마당에 널어놓은 빨래들이 마를 만하면 빗물에 젖고 옥수수 댓잎들이 바람에 하염없이 쓸리던 어느 사이 아우라지 강가에는 뗏목축제의 열기가 한껏 피어올랐다. 지난해 장마에 아우라지처녀 청동입상靑銅立像이 떠내려 갔는데 여량마을 장정 몇이서 죽을힘을 다해 그 처녀를 건져 올렸다 한다. 그 처녀의 청동빛 치마폭처럼 아우라지 강가는 예전의 한적한 고요를

버리고 입신양명한 젊은이처럼 관광지로서의 때깔이 서서히 자리잡혀가고 있다.

산의 정수리 암자에서 율곡 선생이 수행했다는 오장폭포를 돌아보고 민박집 마당귀로 들어서니 처음 보는 남자들 몇이 기다렸다는 듯 어서 이리 와 고기 좀 드시라고 한다. 장작불을 놓고 얼기설기한 철사를 얹어 대여섯 명이 모여 고기를 굽는데 비 간간히 듣는 민박집 마당이 혼례 치르는 잔칫집처럼 흥겹기 그지없다. 주인할머니께 듣자 하니 마흔에서 일흔 사이의 저이들 모두가 정선, 태백, 사북, 고한의 깊은 산으로 생계를 위해 산판을 다니는 사람들이라 한다. 거친 듯 따스한 품성이 저마다의 움푹 팬 얼굴에 맑은 주름처럼 떠있었는데, 아침부터 비가 내려 오늘은 별 수 없이 쉰다 하는 저들의 푸념에서 생의 피로감 따위는 도무지 찾아볼 수 없었다.

강가로 내려가 차일을 두르고 돗자리를 깔고 붉은 송어회로 가벼운 술자리가 이어진다. 물소리, 빗소리, 웃음소리 어우러지는데 곁에 앉은 조 실장이라는 이가 문득 생각난 듯 자신의 명함을 내게 건넨다. 자유의 집…… 저이들 모두가? 믿을 수 없도록 환한 저 얼굴들이 IMF 이후 일자리를 잃고 가정이 해체되고 한때는 목숨줄을 놓아버리려 했던 사람들이란다.

풍찬노숙의 세월, 생의 하류까지 급전직하로 떠내려갔던 사람들…… 생의 노고를 지고 가지 않는 사람을 본 적 없으니 저이들에게 위로의 인

사는 당치 않을 것이다. 수없이 길 떠날 채비를 꾸렸음에도 기습적으로 맞닥뜨리게 되는 풍우나 강설은 사람의 힘으로는 예나 이제나 속수무책일 터…… 그러니 오늘의 우중명월雨中明月은 어디에 숨었는가. 1단 기어, 저속으로 밟아 내려가는 산길, 안전벨트로 단단히 휘감아놓은 생의 등줄기에 연신 채찍 같은 빗줄기 흘러내리니.

산골 민박집 방에 엎드려

/

지난여름 한 달여에 걸친 남편의 전시회가 끝나고 그들은 지친 마음을 어디 깊은 산 풀잎사귀에라도 내려놓을 양으로 빗길을 재촉해 강원도로 떠났다. 세 끼 밥이 좋았다 넘쳤다 하는 일상에서 멀리 벗어나 산간마을 민박집 문간방 여닫으며 한 며칠 피접살림이라도 차릴 요량이었다.

낡은 승용차가 백복령 산비탈 절개지를 감아나갈 때는 차량에 부딪는 세찬 빗줄기들이 헤헤 풀린 국수가닥처럼 마구 뒤엉키며 소용돌이를 일으키고 있었다. "분노를 다스리는 지혜에 있어서는 에스키모를 따라갈 사람들이 없대. 그 사람들 있지, 화가 나면 눈앞의 풍경을 향해 끝도 없이 성큼성큼 걷는다는 거야. 그것도 직선으로만! 그러면 자기 몸에 분노를 일으켰던 그 모든 감정들이 죄다 몸 밖으로 빠져나간대."

조수석에 앉은 아내는 안전벨트를 단단히 거머쥐며 운전석을 향해 날래게 되받는다. "해발 칠팔백 미터는 족히 넘어 보이는 이 고지高地에서 몸이 직선으로 달리면 마음은 그러면 어디로 굴러 떨어지는 거지?" 시속 몇 킬로미터는 달려야 마음이 굴러 떨어지는 곳보다 몸이 먼저 마음 내리는 곳에 당도하겠는가. 지금 한창 허공 중에 구르고 있는 상(傷)한 마음을 되받겠는가.

밤을 새워 글을 쓰고 나무를 쪼개고 노래를 빚는 일이 저기 저 하염없이 굴러 떨어지고 있는 마음들을 한번 온전히 받아보자꾸나 하는 안타까운 몸짓 아니었던가. 남편의 동공에 순간 모닥불이 훨훨 타오른다. 차창에도 시트에도 불티들이 난다. 손을 뻗쳐 잡았는가 하니 그냥 그대로 흘러내린다. 구름 그림자다. 눈자위에 어룽거리는 이런 비현실! 그래, 때로는 비현실적인 풍경들이 현실의 참혹한 풍경들을 먹여 살린다. 보이는 것들은 몽땅 안 보이는 것들에게 끌려가는 것이다. 아내는 제 손아귀가 여태 거머쥐고 있는 것이 승용차의 안전벨트란 것이 우스워졌다.

이곳은 아직도 이런 곳이 있을까 싶게 적요한 두메마을 민박집이다. 빗발이 서서히 잦아들고 옥수수 댓잎들이 허공을 한바탕 비질하는데 쓸려 나가는 그 소리 너무도 청명하다. 강원도 여량의 귓바퀴 속에서 개암사 풍경소리 뎅그렁뎅그렁 되살아난다. 몇 해 전까지만 해도 개암사 뒤뜰엔 장독간처럼 나란한 부도탑 옆으로 허물어져가는 집 한 채가 있었다. 경허선사가 머물렀다는 오두막이다.

댓돌 위엔 빛바랜 고무신 한 켤레가 놓였었는데, 빗물이라도 고이면 그 속에서 떡두꺼비 한 마리 냉큼 뛰어나오겠다 싶게 커다란 고무신이었다. 그 후 다시 들렀을 때는 고무신도 오두막도 사라지고 새로 지은 승방 앞으로 가을 가랑잎들만 스산히 휘날리고 있었다. 책 두어 권 올려놓기 빠듯할 벽감 아래, 사람 한 몸 뉘면 머리맡에 물그릇 하나 둘 데 없이 작은 방! 하염없이 작다는 표현이 딱 어울릴 그 집과 그 방과 그 커다란 고무신을 떠올리면 아내는 지금도 괜스레 코끝이 시큰해진다.

세상을 향해 고개 빳빳이 쳐들었던 호기로움이 있었다면 그것들도 마저 수그러뜨리리라. 곰팡내 물씬하긴 해도 그 방의 세 곱절은 크다 싶게 널찍한 민박집 방바닥에 엎드려 있자니, 생의 호사란 게 제 마음먹기에 따라 순식간에 우주만큼 커졌다 이슬처럼 꺼졌다 한다는 걸 이제 알겠다.

에스키모들은 화가 풀린 지점을 지팡이로 표시해둔다고 했던가. 아내의 종종대는 모습은 옥수수 댓잎사귀에 가려 보이지 않고 물 잔뜩 머금은 매지구름은 기어코 산등성이를 들쳐 업었다. 그들이 한 사나흘 묵어 갈 민박집 뜰에는 늦여름꽃들이 야단스레 붉고 닭들이 구구거리고 암캐는 고물거리는 새끼에게 젖을 물린다.

기로전설棄老傳說 이야기

/

　며칠 전 내린 첫눈은 어느덧 다 녹아내렸다. 나뭇가지에 머뭇거리던 설편雪片들조차 까끄라기 같은 겨울 햇빛이 다 걷어갔는지 보이지 않는다. 천지간의 시름, 천지간의 탄식, 천지간의 근심걱정들만 잎 지운 나뭇가지에 초대형 플래카드로 내걸려 있다.

　겨울을 예비하기도 전에 봄을 기다리는 사람들의, 기다림의 저 지독한 부피만큼 집집의 문고리들은 완강히 얼어붙을 것이다. 그러나 나는 아무래도 떨어내지지 않는 눈의 기억으로 이 겨울 내내 불편한 겨울잠을 이룰지도 모르겠다.

　눈과는 달리 눈의 기억은, 저를 잡으려는 사람들에게 둘러싸이면 눈물로 변해서 흘러내린다는 '스쿠온크'라는 새처럼 쉽사리 녹아내리지는 않을 테니 말이다.

　살을 에듯 휘몰아치는 눈바람을 맞으며 겨울 야산에 오른 적이 있다.

일부러 따라나선 길은 아니었는데 하산할 무렵 갑작스레 일행을 놓치고 가까스로 길의 한 줄기를 붙들게 되었다. 발밑의 나무뿌리가 흔들리는가 싶더니 눈바람을 뚫고 오르는 사람의 흐릿한 모습이 나타났다. 아무리 야산이라고는 해도 땅거미까지 얼어붙을 듯한 추위에 그것도 홀로 산을 오르는 사람이라니! 게다가 철 지난 양복에 넥타이까지 맨 그는 놀랍게도 여든이 훌쩍 넘어 빼는 노인이 아닌가.

쓸모없는 생을 저버리기 위해 몇 날을 고심하다 산에 올랐다는 노인은 얼어붙은 백설기 같은 입술을 마지못해 열었다. 양복 속주머니에 아들 집 전화번호가 있으니 자신이 변을 당하면 그 애가 뒷일을 감당하리라는 말만 되풀이하는데, 완강히 하산을 거부하는 그분의 고집을 꺾을 도리가 없었다.

인적이 그친 산, 애원하는 내 쪽이 가여웠던 때문일까. 아들이 데리러 오면 반드시 내려가리라는 약조와 함께 전화번호 적힌 쪽지 한 장을 한 줌 불빛인 양 내손에 쥐어주신다. 내 하산길이 무사했던 건 노인의 눈 속에 눈발처럼 붐비던 자식을 향한 사랑, 생에 대한 강한 열망이었음을 나는 지금도 분명코 확신할 수 있다.

그러나 그 산의 아랫마을에 산다는 노인의 아들에게 공중전화를 걸었을 때는 그 노인을 처음 만났을 때보다 더 캄캄한 절망감이 눈앞을 가로막았다. 노인이 있는 장소를 일러주고 그래도 길을 놓칠까 함께 산을 오르자는 내게 그는 너무도 단호한 어조로 말했었다. "남의 가정사에 개입하지 말라!"고.

늙고 병약한 부모를 산중에 내다버리는 풍습을 고려장高麗葬이라고 한다는 것을 익히 들어왔었다. 고구려 때 늙고 병든 사람을 광중壙中에 버려두었다가 죽은 뒤 장사지냈다는 속전俗傳이 있더니, 천륜의 비정함을 나무라는 우레 소리를 기로전설棄老傳說 한 자락이 대신해서 읊조려준다.

어느 노인이 나이 일흔 살이 되었으므로 그의 아들이 늙은 아버지를 버리기 위해 산중으로 들어갔습니다. 겨우 한 사나흘 버틸 음식과 함께 지고 온 지게를 놓고 돌아가려 하자, 그들을 뒤따랐던 아들의 아들이 제 아버지의 손길을 뿌리치며 별안간 할아버지 있는 곳으로 달려갑니다. "아버지도 늙으면 져다 버려야 하니 이 지게는 도로 가지고 가야 해!" 그 말에 크게 뉘우친 아들이 아버지를 다시 집에 모시고 갔으며, 이전보다 더욱 잘 봉양했다고 하니 그로부터 이 나라에 고려장이라는 악습이 없어졌다고 합니다.

달 속 계수나무 꺾으러 가세

／

　수종樹種이 달라도 한 샘에 뿌리를 내려 쑥쑥 커 올라가는 나무들이 있
다. 숲속에 도열한 나무들 중 두 나무의 간격이 제법 촘촘하다 싶은 나무들
을 유심히 살펴보면 그런 현상들이 드물지 않게 눈에 띌 것이다.

　고종高宗과 순종純宗의 두 왕릉에 접한 내 집 인근의 무성한 숲에도 곧
게 뻗은 소나무의 품속을 제 집 울타리로 삼은 반지르르한 때죽나무가 있
다. 갈참나무와 소나무, 서어나무와 상수리나무가 터놓고 애무라도 하듯
자신들의 물관부를 넉넉히 허락하는 모습을 언제라도 엿볼 수 있다.

　두 그루의 엇물린 가지들이 서로의 수피를 넘나드는 현상을 일컬어
'연리지連理枝 현상'이라고 한다. 수종 따위엔 아랑곳없이 서로의 상처, 서
로의 진액을 기꺼이 안아 들이는 나무들을 대하고 있노라면 식물 수용성
의 범주가 끝 간 데 없음에 새삼 마음이 숙연해진다. 식물에게도 방향이나
미래에 대한 지각 능력이 있다고 하니 나무들 간의 연리지 현상은 덧붙일

바 없는 호혜互惠적 선택이었음이 분명하다고 여겨지기도 한다.

최근 우리 사회 저변을 갈수기의 단비처럼 적시고 있는 나눔 문화의 확산 또한 나무들의 저 연리지 현상의 한 반영이 아닐까 생각해 본다. '우리 이웃을 생각하는 나눔 네트워크'의 밑뿌리에는 나눔으로써 상생하는 나무들의 저 동기감응적同氣感應的인 사랑법이 세찬 물줄기처럼 떠받쳐져 있을 거라는 생각이 든다. 정보의 고속도로를 무한 질주하는 시대에 자선·종교·사회단체를 비롯한 177개에 달하는 국내 기업들이 이미 '나눔 문화'의 열기에 함께 동참했다는 사실은 실로 오랫동안 꿈꾸어왔던 사람 냄새 물씬한 축제가 이제야 비로소 그 서막을 열어젖힌 게 아닌가 생각되는 것이다.

조건 없는 이러한 사랑의 열기야말로 우리 사회의 구성원들이 함께 받드는 미래, 살 만한 내일을 꿈꾸게 하는 최선의 문화 부상력이라 이름 붙여도 좋을 것이다. 그렇다면 이 부상력이야 말로 우리 사회 내부의 식물성이 아직도 거뜬하다는 한 징표가 아닐는지!

종교적 박애의 형태로든 그에 못지않은 자기희생의 형태로든 어느 시대 어느 사회를 막론하고 나눔의 문화는 늘 추구되어왔다. 사랑의 헌신적 가치를 몸으로 실현해온 수많은 이들이 오늘의 '나눔 문화' 최전선을 이끌고 있음을 우리는 거듭 기억해야 할 것이다. 수혜자受惠者가 곧 시혜자施惠者

일 수밖에 없는 나무들, 나무들의 저 연리지 현상이 일깨워주는 바와 같이 어떤 사랑도 사랑의 행위도 생명의 존엄성에 그 바탕을 두고 있어야 함을 잊지 말아야 할 것이다.

우리 사회가 한편으로는 식물성으로의 귀환을 서두르고 있다는 지극한 느낌은 너무도 시적이며 지나치게 낙관적일 것이다. 그러나 허튼 희망에 불과할지라도 나는 달 속 계수나무까지 날아올라 한 줌 잎 푸른 식물을 이 땅으로 가져오고 싶어 하는 시인의 노래에 더 오래 귀 기울이고 싶다. 나눔의 문화가 음지를 스치는 한 뼘 양광이 아니기를 스스로 재촉하는 마음은 풍찬노숙의 시대를 살아가는 시인 묵객 아니어도 마찬가지였을 터.

"달 속 계수나무 꺾어다, 추운 사람 땔감으로 가져왔으면 싶네欲折月中桂 待爲寒者薪." 마치 이십대 태반이 백수라는 우리 시대의 곤핍함을 위해 지은 듯한 이 시를 두고 어찌 이태백李太白의 시적 기개와 호방함이 부럽다고만 할까.

히말라야 등신불

"등신불等身佛은 중국 양자강 북쪽의 정원사 금불각 속에 안치되어 있는 불상의 이름이다. 일본의 대정대학 재학시절, 나는 일본이 일으킨 태평양 전쟁에 학병으로 끌려 나갔다. 내 나이 23세였다"로 시작되는 김동리의 액자소설『등신불』을 많은 사람들이 기억하고 있을 것이다.

몇 해 전 지병으로 타계한 김종철 시인은 "우리네 삶이란 것이 결국 구도행과 육신의 굴레에 갇혀 스스로의 독 하나 깨뜨리지 못하고 허우적대는 모습 사이에 있는 것 아닌가"라며, "살아서도 산 적 없고 / 죽어서도 죽은 적 없는 그를 만났다 / 그가 없는 빈 몸에 / 오늘은 떠돌이가 들어와 / 평생을 살다 간다"(「등신불 시편 1」)라고 등신불을 노래한 시들을 적고 모아『등신불 시편』을 펴낸 바 있다.

오늘 내가 만난 히말라야 등신불은 1962년 인도 히말라야 스티피 계곡에서 군사도로를 내기 위해 모래 산비탈을 깎아내리다 발견했다고 한다. 한 군인이 핀으로 찌르니 피가 나왔다는 믿지 못할 일화도 전해지는데, 한 손에 염주를 쥔 채 눈을 뜨고 쪼그려 앉은 자세의 적정상태滅但靜로 성불한 모습이다. 이후 탄성파 검사로 550년 전의 시신(몸)으로 확인되었으며, 달라이 라마가 이 등신불 수행자의 전생을 선정禪定 중에 밝혀내 공포하였다고 하는데 '뚤꾸 쌍악 텐진고행'이 이 등신불의 생시 이름이었다고 전해지고 있다.

　　2014년 석 달 남짓 네팔에 머무르는 동안 네팔의 수도 카트만두 타멜의 식당에서 만난 한 스님의 덕유산 암자에서 얼마 전 하룻밤을 유숙하였다. 눈이 녹지 않아 승용차를 경사지 완만한 곳에 세워두고 등반하듯 올라간 산의 중허리께 수행승들이 항용 토굴이라고 부르는 작은 암자가 있고, 그곳 장작불 괄게 지핀 인불당에서의 하룻밤……. 히말라야 등신불 뚤꾸 쌍악 텐진고행의 사진은 그날 밤 스님의 카메라에서 조심조심 내게로 전해진 것이다.

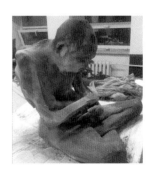

북인도의 달

홍콩의 배우 주윤발 씨가 자신의 사후死後 전 재산을 사회에 기부(환원)한다는 뉴스를 접하고부터 장자莊子 대종사편大宗師篇과 천운편天運篇에 실려 있는 구말呴沫이라는 어휘가 며칠째 머릿속을 맴돌고 있다. '구말'은 샘의 물이 마르면 물고기는 물기를 내뿜어 서로의 몸을 적셔준다는 의미로, 동류 상호 간에 서로 구해주는 것을 뜻한다.

여러 해 전 인도에 갔을 때의 일이다. 델리 시장 한 모퉁이에서 구걸하는 아이들 무리를 만난 적이 있는데, 그 나라의 카스트에 의하면 이른바 불가촉천민, 거지, 거렁뱅이라 불리는 그 아이들에게 지니고 갔던 학용품과 먹을 것을 나눠주며 함께 놀았던 기억이 찬바람 부는 이맘때면 자주 떠오르고는 한다. 그 아이들에게 "머리, 어깨, 무릎, 발, 무릎, 발……"이라는 노래와 동작을 잠시 우리말로 가르치기도 했는데, 잘 따라하는 아이들에겐 이마에 빈디 스티커를 붙여준다고 하니 펄쩍들 뛰며 좋아라 하던 모습이 눈앞에 아련하기만 하다.

내가 떠나려는 버스에 오르자 우르르 몰려와 안기며 이별을 아쉬워하던 아이들 중 하나가 아무도 모르게 자신의 주머니에 든 껍질 벗긴 삶은 계란 한 개 — 누군가에게 구걸해서 얻었을 법한, 나중에 혼자 몰래 먹으려고 아끼고 아껴둔 — 땟자국 가득한 삶은 계란 한 개를 내 손에 꼬옥 쥐어주었다.

내가 그 아이들에게 준 것은 너무도 작고 미미한, 연민일 수도 섣부른 자선일 수도 있는 내 마음의 한 자락이었겠지만 그 아이는 자신의 전 재산, 어쩌면 자신에게 속해 있던 소유의 전부를 내어준 것이나 아닌지!

삶은 계란은 언제 어느 때 먹더라도 목이 메는 법이지만 그렇게나 맛나고 배부른, 목이 메는 계란을 먹어본 것은 아마도 내 생애 처음이었지 싶다.

앰뷸런스 로마

로마는 연일 비 오고 흐린 날씨다. 무려 열세 시간 동안이나 구름바다 위에 떠 있다 레오나르도 다빈치 공항에 내린 지 오늘로 보름째. 몇 년 만의 이상 기후라는 로마는 매일같이 구름 낀 흐린 하늘에 하루에도 몇 차례씩 소낙성 강우強雨가 짧고도 굵게 지나가고 있다.

숙소의 창밖으로 우당탕 흩어지는 빗소리에 섞여 앰뷸런스가 요란한 경보음을 울린다. 로마에서는 거리를 걷거나 숙소에 머물 때나 하루에도 수십 차례 저 소리를 듣게 마련이다.

에스프레소 한 잔과 토스트 한 쪽으로 간단한 아침 요기를 하고 숙소와 가까운 산타마리아 마조레 성당으로 산책을 가려고 길을 나섰다가 로마의 중앙역인 테르미니 역驛 앞을 지날 때 한 중년의 신사가 갑자기 가슴을 부둥켜안으며 쓰러지는 것을 보았다.

5분도 채 되지 않아 앰뷸런스가 도착하고 인공호흡을 시킨 후 들것에 옮겨 눕히는 잠깐 사이 그 사람, 쓰러진 사람이 반짝 눈을 떴다. 나와 마주친 그의 푸른 두 눈에 가득 눈물이 괴어 있었다.

"괜찮아요, 곧 괜찮을 거에요······." 한동안 안으로만 머금어야 했던 우리말이 절로 입 밖으로 새어져 나오기도 했는데, 오가던 사람들 무심히 가던 길을 가고 별일 아닌 듯 한 차례 흘깃 그 사람을 내려다보던 블론디의 남녀는 중단했던 키스를 더 깊고 진하게 이어갔었다.

"베로 로마, 베로 로마 / 여기가 로마로구나!" 이방異邦의 사람의 울먹이는 입시울 소리에 들것에 눕혀 앰뷸런스에 오르던 한 사람, 지금쯤이면 온전히 깨어나 '자기 앞의 생'에 찬찬히 고개를 끄덕이기도 했었을 테다.

이 글을 쓰는 짧은 동안에도 세찬 빗소리에 뒤섞이며 예닐곱 차례나 앰뷸런스가 경보음을 울리며 지나는 소리 들린다. 로마 곳곳, 발길 닿는 곳마다 산재해 있는 3,000년 전, 2,000년 전, 기원전의 유적들······.

돌로써 축성된 유구한 시간의 잔해 위를 스쳐 지나며 절반은 구멍, 절반은 고름일 뿐인 카이로스의 귀로 빗소리의 낙장落張이나 세어보는 로마의 쓸쓸한 저물녘이다.

쉿,
임종중입니다

울 엄마 오셨네!

어버이날 저녁 대문간의 불두화 활짝 피어난 때에 엄마가 돌아오셨다. 산골집 적막해서 못 살겠다며 서울 사는 동생네 다니러 가셔서는 거기 눌러앉으신 지 얼마 만인가.

그 사이 지병은 더 깊어져서 지팡이 짚고 부축해 드려도 기우뚱 진동걸음. 여기가 어디냐고 자꾸만 물어보시는 여든넷, 살아온 기억의 거개가 유실되었지만 꽃과 나무와 새와 구름, 해와 달과 바람의 기억만은 유현幽顯해서 불두화 꽃그늘에 기대앉아 흥얼흥얼 노래를 부르시기도 한다.

그러니 "노인들이 본질적이지 않은 모든 것을 잊어버린다는 사실은 생의 승리"라는 마르케스의 말은 옳다. 여덟 해째 진행성 치매를 앓고 있는 엄마지만 아직은 당신의 자식들, 손주들 또렷이 알아보시고 사계四季의 저마다 다른 바람소리, 봄 나비 떼 같은 심금心琴의 기억들만은 금강석만큼이나 단단해 보인다.

맞다, 자기 보물을 어디에 숨겼는지 잊어버리는 노인은 없다. 놀라워라, 치매에 드신 우리 엄마, 즐겨 부르시던 노랫말만큼은 한 소절도 잊지 않으셨구나!

오는 벚꽃대선 무렵엔

/

산골짜기집이라 눈비 많이 오는 날에는 인터넷, 와이파이, TV 끊어지기 일쑤, 안테나를 지붕 꼭대기에 매달아도 FM이 잡히지 않아 스마트폰에 앱을 깔았다.

얼며 또 쌓인 눈을 뚫고 국민안전처에서는 오늘 23시 한파경보, 노약자 외출 자제, 동파 방지 등의 문자메시지를 보내왔다. 서울이 영하 7도이면 산자락 아래 내 집은 영하 10도 이하로 내려간다. 체감온도는 영하 13도, 영하 15도쯤 되려나.

이 정도 추위는 옛날에 비하면 그야말로 새 발의 피. 웃풍 센 방의 윗목에 놓아둔 걸레가 꽝꽝 얼어붙고 문고리에 손가락이 쩍쩍 달라붙던 그때, 방안에서도 손가락이 곱던 그때는 장판이 군데군데 눌어붙은 아랫목 깊숙이도 묻어둔 (귀가가 늦어지는) 아버지의 밥그릇이 몇 번이고 엎어지고 넘어지고는 했었으니, 해마다의 이맘때면 이불에 들붙은 몇 톨 밥알 떼어

먹을 때의 그 징하게 쓸쓸한 맛 그리운 맛 혀끝에 아련 감돌기도 하네.

엄마 곱게 씻겨 저녁상 봐드리고 욕실 청소며 설거지 마치고 일요일 인데 오는 우편물 가지러 마당에 내려서니 백목련, 자목련, 불두화 빈 가 지에 적설積雪이 꽃망울처럼 맺혔다. 오는 벚꽃대선 무렵엔 얼어붙은 내 집 마당가에도 꽃꽃들이 저마다의 빛깔로 환호성을 울리지 않겠나.

사전투표

사전투표 하고 왔다. 5월 9일이면 집에서 가까운 초등학교로 걸어가서 투표하면 되지만, 조급한 마음이 닷새나 더 기다릴 수 없어 승용차로 읍사무소까지 길을 몰아 투표하러 나섰다.

숲길에 매복해 있던 라일락 향이 열어놓은 차창 속으로 삽시에 스며드는데 향기의 알갱이들이 콧속을 헤쳐 놓아서인가, 문득문득 울컥해지고 몇 번이고 눈물 솟는다.

봄빛 찬연하니 집의 담장 옆 작은 연못 속엔 어느새 도룡뇽 알들이 빼곡하다. 갸름하고 투명한 한천질의 주머니 속에는 어린 생명들이 금세라도 막을 찢고 나올 듯이 분주히 오글거리고 있을 것이다. 혹세무민惑世誣民이 극에 달한 시절일수록 인간의 마음을 잃지 않으려고 사람들 저토록 영롱한 것들에 오래 눈을 씻었으리라.

단 15분의 거리, 여기까지 오는 데 참으로 멀었다. 그동안의 세월 어둡

디 어두웠다. 고故 노무현 대통령 생전의 파안대소破顏大笑가, 영상으로 본
세월호 아이들의 마지막 순간들이 어룽어룽 또 겹친다.

엄마의 생애 마지막 주권행사

아홉 해 전 갑작스런 아버지 죽음의 충격으로 쓰러지신 엄마, 뇌경색에 치매로 와병 중인 엄마를 모시고 집 가까운 초등학교 투표소에서 투표하시게 했다.

단기기억상실 증세 깊어 조금 전의 일도 잘 기억해내지 못하는 엄마, 딸내미 손 심심할까 보아 아침저녁으로 이불빨래 만들어주시고 아홉 해 전 세상 버린 아버지 30년 전에 죽었다 완강히 우기시는 엄마가 TV 뉴스 켜놓을 때마다, "쟈, 아직도 감옥 안 드갔나? 저그 아부지 총 맞아 죽었으믄 지는 똑바리 했어야제!" 하신다. ㅁ후보 얼굴이 보일라 치면 "잘 생깄다, 악기惡氣 없이 선하민서도 호랭이 상이다. 너거 아부지 마이 닮았데이" 속없이 활짝 미소 띠신다.

기억의 거개가 유실됐어도 글자와 숫자만은 또렷하게 읽어내시는 엄마가 1번에 동그래미 꾹 눌렀다시며 마당의 불두화 꽃그늘 아래서 주간 노인요양보호센터 차량이 오기를 기다리는 중이다.

　어쩌면 생애 마지막 주권행사가 될지도 모르는 오늘 엄마의 투표 참여. 촛불혁명이 일구어 낸 이 땅의 민주주의가 내 집 마당의 불두화 꽃송이들처럼 환하게 만개하길 비는 2017년 5월 9일 대한민국 제19대 대선투표일 아침이다.

서명하다

반 공기 밥도 덜어내시던 엄마가 그예 곡기를 끊은 지 보름째. 완강히
뿌리치는 손을 잡고 간신히 떠 넣어 드린 한 모금 미음조차 이내 뱉어내고
야 마니 담당 주치의는 수액을 맞는 것만으로는 길어야 한두 달, 어쩌면 일
주일을 넘기기 어려울 수도 있으니 마음의 준비를 하라고 한다.

이승의 삶이며 기억들 훨훨 털어내고 먼 길 떠나려는 엄마의 마음도
그러시려니 콧줄 섭생이며 심폐소생술 따위 고통스러운 연명 수단을 사용
치 않겠노라는 존엄사 동의서에 서명했다.

뇌경색, 당뇨, 치매와의 오랜 투병 속에서도 자식들 앞에서 흐트러진
모습 보이지 않으려 무던히도 애쓰시던 엄마는 이제 가야겠다, 갈 때가 되
었다는 말씀만 되풀이하신다.

수많은 기억들 흩어졌어도 용케 자식들만은 알아보셔서 앙상히 마른
손 힘겹게 들어 올려 울지 마라 내 눈물 닦아주시고 내 뺨에 흩어진 머리칼

쓸어 올려 주신다.

　편안히 놓아드리자, 울고불고 떼쓰지 말자고 다잡는 마음에 왜 자꾸만 천둥치고 캄캄 폭풍우 이는지…… 갈잎 바스락거리는 소리 천지간을 진동하는 축령산 자락 '행복 병동'에서 오늘 하루, 내일 또 하루, 모레, 글피…… 내 엄마의 체온이 따스하기만을 빌고 또 빌어보는 날들 이어지고 있다.

저 가을빛

나의 어머니 그녀가 죽었을 때, 사람들은 그녀를 땅 속에 묻었다. 꽃이 자라고, 나비가 그 위를 날아간다…… 체중이 가벼운 그녀는 거의 땅을 누르지도 않았다. 그녀가 이렇게 가볍게 되기까지, 얼마나 많은 고통을 겪었을까!

— 베르톨트 브레히트 「살아남은 자의 슬픔」 중에서

한 달여 동안 엄마의 병상을 지켜오면서 이승과 저승이 지척지간이라는 것을 알게 되었다. 보름 전부터 낮밤 없이 수면 상태인 엄마는 내가 엄마, 엄마 부를 때면 잠시 눈을 떴다가 곧바로 다시 수면 상태로 떨어지곤 하셨다.

오로지 수액에 의지한 한 달. 마지막 한 그릇 이승의 밥이라도 드시게 하기 위해 병원을 옮기고 서둘러 콧줄 삽관을 하고 연명식延命食 피딩을 시작했다.

붉은 위액이 삽관한 튜브를 따라 치솟아 오르고 혈변 쏟으시기를 사흘째, 주치의는 위나 대장의 종양을 의심하며 위내시경, 시티촬영을 권한다. 부정맥도 걱정스럽지만 빈혈치가 너무 높아 당장이라도 수혈을 해야 한다고 한다.

병원 옮긴 지 사흘째 만인 오늘 엄마가 눈을 뜨셨다. 아아, 나를 알아보신다. 세상에, "우리 딸내미 힘들제. 밥 마이, 마이 무라!" 하신다.

며칠 안 남았으니 마음의 준비를 하라던 주치의는 엄마가 되살아나는 것은 기적이라고 했었다. 병상의 창 너머 가을빛에 눈이 부신지 엄마는 오늘이 며칠이냐고 자꾸만 물어보신다.

쉿, 임종중입니다

임종중臨終中이라는 말이 며칠째 귓가를 떠나지 않고 있다. 임종중……
엄마가 입원해 계신 햇살병원 집중치료실로 들어서려는 내 앞을 황급히
가로막던 원무과 실장의 말이다.

얼마간이나 집중치료실 문 앞을 서성이고 있었을까. "6시 10분 임종
완료됐으니 어머니는 5분만 보고 나오세요. 커튼 쳐놓았어요."

엄마 옆 병상의 환자가 임종을 마쳤단다. 커튼이 사방으로 쳐져 있고
가족들에게는 아직 연락이 닿지 않았는지 흐느끼는 소리도 의료진들의 기
척도 더 이상은 없다.

하루 10분씩 면회가 허용되는 집중치료실을 들고날 때마다 눈물이나
한숨 대신 언젠가부터 무시무종無始無終, 본래무일물本來無一物이라는 소리만
입 속의 백태처럼 자리 잡았다.

혈액 튜브, 패혈증 항생제 투입 튜브, 경관식 튜브, 수액과 소변 튜브

…… 다섯 개의 튜브로 엄마가 가까스로 이승의 숨을 내쉬고 들이쉬는 동안 옆 병상의 같은 침대에서 임종을 마친 생이 일주일 사이 셋.

엄마 맞은편 병상에는 20년째 경관식 연명튜브 하나로 명命을 이어가는 눈동자가 퍽이나 새카만 여자 환자가 있다. 눈도 스스로 뜨고 숨도 쉬지만 의식은 없다는 간병인의 말에 의하면, 올해로 쉰두 살인 저 환자는 아이를 낳다가 저리 되었는데 그 아이가 장성해 지금은 서른 살이 되었다고 한다. 남편과 아이는 면회 온 적 없고 친정엄마가 한 달에 한 번 꼴로 들여다보고 간다고…….

나는 신발이 없다고 한탄했는데 거리에서 발이 없는 사람을 만났는가, 입술 깨물어가며 스스로를 달래보지만 내 엄마의 이승의 삶, 그 낱장이 몇 줌이나 남아 있으랴.

하루

크고 작은 마음의 부채며 오래된 근심걱정들이 손 대기 싫은 저녁 찬 거리처럼 쌓여있어도 오늘은 좋은 하루, 참 편안한 하루였어라고 생각되는 날들이 있다.

미루어 둔 원고를 오전 내 마무리하고 엄마가 입원해 계신 햇살병원으로 가서는 엄마를 안고서 모처럼 침상 샴푸를 해드렸다. 그 무섭다는 패혈증을 한 달여 만에 벗어나 조금쯤 의식을 되찾으신 엄마의 따뜻한 몸. 그 몸에서 봄풀 냄새를 맡은 듯이 기분이 좋아져서는 1시간 반 너머 차를 몰아 사간동 ㅂ선배의 전시장에 들렀다.

식구의 대학 5년 선배인 ㅂ선배는 조각을 전공했지만 회화로 선회한 뒤 프랑스, 독일에 오래 머물다 티벳으로, 페루로, 파키스탄으로 떠돌다 참으로 오랜만에 작품을 내다 걸었다. 사간동 작은 갤러리에 모인 7점 작품들이 한결같이 좋았고 모처럼 마주한 식탁에서의 정담, 깔깔한 입속에 와락 달라붙던 청국장 맛이라니.

ㅂ선배와는 산음의 작업실에서 다시 만나기로 하고 식당 길 바삐 돌아 나와 사간동에서 그리 멀지 않은 '시네큐브'로 오래 별러 왔던 영화 〈패터슨〉을 보러 갔다. 짐 자무쉬 감독의 영화 〈패터슨〉은 집 가까운 곳에 영화관이 있었더라면 한두 번쯤은 더 보고 싶은 영화.

"아무 것도 씌어있지 않은 텅 빈 페이지에 더 많은 시가, 이야기들이 씌어지겠지. 모두가 물 위에 쓴 낱말들이어서 한 글자도 남겨지지 못하고 흘러가고 부서져 흩어질지라도."

수없이 많은 아픈 날들이 흘러가고 더 아픈 날들이 흘러오겠지만 오늘 만큼은 견딜 만한 하루, 오래도록 잊혀지지 않을 모처럼 편안한 하루였던 것 같다.

천변풍경

해질 무렵이면 거의 매일같이 강아지 몽^夢 데리고 물골안 구운천변으로 산보 나간다. 파위교 너머 왼쪽으로는 논과 밭, 농가주택, 전원주택들이 드문드문 펼쳐 있고 운수교 건너편에는 기도원, 요양병원, 노인복지회관 들이 들어서 있다.

요양병원 맞은편 산책로에는 몇 가지 운동기구들이 마련돼 있어 이른 저녁 먹고 나온 환자들과 벤치에서 종종 얘기를 나누기도 하는데, 무척이나 시를 좋아라 하는 분이 있어 드려야 하나 망설이다 오늘 저녁녘에야 내 시집 한 권을 건네 드렸다.

그분의 꿈이 시낭송가라고, 혈액암 투병중인 자신의 삶이 언제까지일지 몰라도 이곳 물골의 요양병원에서 일주일에 한 차례 서울의 대학 평생교육원으로 시낭송을 배우러 다닌다고 했다.

눈을 감고 걸으면 아홉 구비 물소리가 곧장 내 안으로 흘러드는 구운천, 북한강으로 흘러드는 구운천은 물이 깊고 맑아 일급수에만 서식하는 버들치가 산다고 한다.

몽, 너마저

슬픔은 짝을 지어 다닌다는 말이 온종일 입속에 맴도는 하루다. 사나흘 전부터 평소 그리도 좋아하던 쇠고기며 닭가슴살조차 입에 대지 못하던 강아지 몽이 오늘 아침엔 그예 몸을 가누지 못하고 비틀거리기까지 해서 동물병원에 서둘러 입원을 시켜야만 했다.

어쩌면 할머니가 가시려는 먼길을 따라나서려는 건 아닌지 심장이 오그라드는 듯한데 몽에게 나타나는 여러 증세가 엄마의 병세와 닮아있기까지 하다.

여러 검진 결과 백혈구는 위험 수치로 치솟았고, 황달에 저알부민, 간 수치도 위태롭지만 면역매개성 빈혈이 극심해서 당장 수혈이 시급하다고 한다.

혈액의 헤모글로빈 수치가 7.5로 떨어진 엄마는 지난 주 2회 차 수혈을 받고 사나흘 회복세를 보이시다가 연이은 출혈과 함께 또다시 의식불

명에 빠지고 말았다.

"선생님 제발 우리 아이를 살려주세요." 매달리는 내게 수의사 선생은 동물의 수혈비와 치료비가 무척 고가高價인데 그래도 치료를 하겠느냐고 묻는다. 무슨 말이 더 필요하겠는가. 나는 단 한 마디, "가족입니다"라고 했을 뿐…….

동물혈액원이 강원도에 있어 내일 저녁에야 피가 도착하며 수혈을 받고 2주간 공격적인 치료를 하더라도 그 치료 과정을 이겨내지 못하면 사망에 이를 수도 있다고 한다. 치사율 52퍼센트의 병.

여덟 달 가까이 엄마의 병상을 지켜오며 하루하루 숨이 타들어가는 내게 그 누구도 대신하지 못할 위로가 되어주던 우리 몽. 아아 너마저…….

닥쳐올 이별

세상에 비애와 비교할 만한 진리는 없다고 했던 오스카 와일드의 말이 새삼 떠오르는 밤이다. 치유하기 힘든 백혈병에 걸린 짐승, 잦아드는 호흡, 신음을 삼키는 한 마리 짐승을 심장 가까이 안고 그의 등털을 쓸며 "피 잘 돌아라, 피 잘 돌아라" 하루에도 몇 시간씩 주문을 외는 내게 이별의 공포와 생멸의 비애는 샴쌍둥이처럼 등을 맞대고 있는 듯하다.

오늘 아침 또다시 죽음의 징후를 보이는 저 작디작은 짐승을 차에 신고 동물병원으로 내달렸었다. 퇴원 사흘 만에 다시 입원을 하고 혈액 검사를 하고 수액을 매달고…….

거듭 수혈을 하고 스테로이드를 투입해도 깨어지는 혈소판이라 수의사는 이제 더 이상의 치료도 수혈도 의미가 없어 보인다고 한다.

닥쳐올 이별은 예감만으로도 온몸이 서늘하게 얼어붙는다. 내가 움직여 가는 동선마다 아이를 안아다 눕히고 쌀을 안치고 청소를 하고 세탁물을 넌다. 이틀째 주사기로 주입하는 것 외는 제 입으로 물 한 모금 삼키지 못하던 아이 앞에 고기와 채소를 다진 접시를 가져다놓고 애원한다. "먹어라, 먹어, 제발 먹어다오!" 눈물, 채 제어되지 못한 눈물이 거듭 솟구친다.

아아, 이 무슨 일인가. 나의 비애가 저의 비애와 맞닿았는가. 짐승의 비애가 이윽고 인간의 비애와 소통하는가. 엎드려 누운 채 가누지도 못하던 몸을 조금 조금씩 일으키던 한 마리 작디작은 짐승이 밥을, 밥을, 마침내 밥을 먹기 시작하는 것이다!

안녕, 몽

몽이 떠났다 눈이 수정처럼 맑고
털이 하늬바람처럼 부드러웠던
2011년 3월 26일생 코커 스패니얼
주사기로 흘려 넣어준 몇 모금 물 들이켜고
내 품에 안기어 먼 길 떠났다
치매 드신 할머니에게
이 세상 누구보다 다정했던 몽
내가 울 때면 가만가만 다가와
양 볼의 눈물을 번갈아 핥아주던 몽
북한강, 능내, 홍유릉, 구운천
멀리는 해남, 완도의 백사장까지
함께 걷고 내달렸던 기억들을 이젠

마른꽃잎처럼 눌러 간직해야겠구나

고맙다. 고마웠다, 몽

사람이 짐승을 기른 게 아니라

짐승이 사람의 마음을 길렀음을

나 이제야 조금쯤은 알 것만 같다

단 한 번 입혀보지도 못했던 깃털옷들

식구들 돌아오기 무섭게 입에 물고 달려오던

딸랑딸랑 소리 나는 반짝이 공들

그리도 좋아하던 오리고기며 비스킷이며

너의 새 집 속에 함께 넣었다.

잊지 말아다오 네가 얼마나

깊이 사랑받았는가를

갑작스런 백혈병 발병으로

몸을 가누지 못했던 날이 꼭 한 달

네가 떠날 채비를 그토록 서둘렀던 오늘

패혈증으로 나날이 생의 고비였던

할머니가 의식을 되찾으셨다는

병원 측 연락을 받았으니

너는 머지않아 할머니 가실 그 먼 길

끝내 그 풀섶 길 덮혀놓으려고

떠난 게 맞다 아아 몽……

오늘도 무사히

또 눈 온다. 올해는 왜 이리도 눈이 잦은지, 내렸다 하면 폭설인지⋯⋯ 깜빡 잊고 덮개를 씌우지 않은 승용차 위로 눈이 한 자나 쌓였다. 차체를 덮고 있는 눈더미는 차치하고라도 쌓인 눈이 그대로 꽝꽝 얼어붙은 차창은 손가락이 곱도록 떼어내고 쓸어내려도 요지부동이다. 대문간에 세워둔, 경사도로에 뿌리고 남은 염화칼슘 포대를 탈탈 털어 앞 유리에 뿌렸더니 완강히 달라붙은 얼음알갱이들이 비로소 줄줄 흘러내린다.

반쯤은 눈사람이 된 채로 가까스로 시동을 건다. 아아 이런, 백미러가 완전히 얼어붙어 열리지 않는다. 신경올이 낱낱이 곤추서지만 용케도 시동은 걸렸으니 달린다. 송라산 자락을 벗어나 백봉산 자락을 향해 달리는 내내 중얼중얼 한다. 가루눈, 저 눈이 가루눈이었더라면⋯⋯ 시신경 속으로 가루눈처럼 부유하는 페터 회의 『스밀라의 눈에 대한 감각』의 문장들.

내 어머니가 돌아오지 않게 되었을 때, 나는 어떤 순간도 마지막이 될 수 있다는 것을 깨달았다. 인생의 어떤 것도 마지막이 될 수 있다는 것을 깨달았다. 인생의 어떤 것도 단순히 한 장소에서 다른 장소로 가는 통로가 될 수는 없다. 마치 남겨놓고 가는 유일한 것인 양 내 걸음을 떼어야 한다.

안개 속처럼 몽롱한 시계視界를 뚫고 큰 탈 없이 백봉산 중턱 햇살요양병원 중환자실에 계신 엄마께 다녀왔다. 병원의 옥외주차장 화단 턱에 운전석 쪽 범퍼가 살짝 긁힌 것 말고는 무사히…….

의식은 없는 채 좌로 우로 끝없이 고개를 흔드는 도리도리 할머니 환자도 무사히…… 해질 무렵이면 양손을 묶어놓은 끈을 입으로 물어뜯고, 그 끈으로 이불을 동여 매 머리에 이고야 마는 십 년째 피난중인 할머니 환자도 무사히…… 출산 중 뇌병변으로 20년째 코마 상태, 커다란 물음표 같은 검은 눈을 쉴 새 없이 깜빡이는 한 마리 꽃사슴 같은 환자도 오늘도 무사히…….

생生도 없고 멸滅도 없는 곳

희미하게나마 의식을 회복하시던 엄마가 다시 중태에 빠졌다. 조직검사 결과 위암이라는 진단을 받고도 기대를 저버리지는 않았는데 갑작스레 의식불명을 일으킨 병명이 패혈증이란다. 생生도 없고 멸滅도 없는 곳으로 가시는 당신의 걸음걸음이 이다지 덜컹거리고 이토록 위태롭기만 하다.

한 사람이 늙고, 그의 일을 모두 행하였다면

고요 속에서 죽음과 벗할 순간이 다가왔음이라

그는 더 이상 인간이 그립지 않도다. 그는 인간을 알고,

이미 충분히 보아왔으니 이제 그리운 것은 오직 고요일 뿐.

그런 사람을 찾아가고, 그런 사람에게 말을 걸며, 그런

사람을 말로 괴롭히는 일은 점잖음이 아니니

그의 집 앞에서는 그냥 조용히 지나가리라

그 누구의 집도 아닌 것처럼

이미 너무도 먼 곳에 가 있는 엄마를 잠시 보고 왔다. 헤세가 자신의 집 울타리에 붙여놓았다는 고대중국의 시를 펼쳐 읽는다. 쉽사리 가라앉지 않는 심장의 동계를 가까스로 눌러 앉힌다.

엄마를 떠나보내며

오늘 2018년 1월 28일 새벽 3시 37분 엄마가 그예 운명하셨습니다.

보내드리지 않으려고 제 마음에 그리도 꽁꽁 묶어두었건만 엄마는 봄소풍 나서는 어린아이처럼 훨훨 홍조 띤 나비걸음으로 떠나시고 말았습니다.

엄마와의 이별이 믿기지 않아 저는 지금껏 우두망찰입니다만 엄마, 사랑하는 나의 엄마.

당신의 머나먼 나들이가 결코 쓸쓸하지 않기를, 이승의 시절보다 찬연히 아름답고 못내도 따뜻한 것이기를 기도하고 또 기도하는 아침입니다.

꽃밭의 시학

아침놀이 번지는 꽃밭
봄 마당의 꽃들 중에는
분통을 터뜨리듯이 피는 꽃

참았던 울음을
끝내 터뜨리듯이 피는 꽃도 있다

꽃샘바람 잎샘바람
이제는 다 물러난 것 같은
오월 해당화 붉은 꽃등 곁에

팔순의 어머니

주름진 눈가에

가물가물 분홍 물살 이는데

울지 말아라 아프지 말아라

오래오래 허공을 쏠어내리다가

잠잠히

어둠을 열고 들어오는 것처럼

피는 꽃도 있다

생일상

/

내 서른 살 생일에, 침대 밑에 감추어 둔 재떨이를 찾아내어서는 깨끗이 씻고 그 곁에 한 보루의 담배를 놓아두신 엄마.

"우리 딸, 생일 축하해. 엄마가 주는 생일선물이야. 몸 생각해서 이것만 피우고 끊기를 빌게"라고 써놓으셨던 엄마의 손편지를 어찌 잊을까.

엄마 떠나시고 맞는 첫 생일. 아프시기 전까지 엄마가 끓여주시던 미역국을 오늘 처음으로 내가 끓였다. 작은 공부방에 모신 엄마의 영정 앞에 굴과 전복을 듬뿍 넣고 끓인 미역국과 평소 좋아하시던 반찬 두어 가지 올리고 나는 또 눈물바람······.

부모의 품 안에서라면 삼백예순날의 어느 하루가 자식의 생일 아닌 날 있으랴. 엄마는 그토록 먼 곳에서도 길고 긴 바람의 팔을 뻗어와 울지 말아라, 아프지 말아라 내 어깨를 토닥여주고 내 뺨의 눈물 닦아주고 계시니······.

'엄마, 저를 이 세상에 낳아주셔서 고맙습니다' 향을 사르고 촛불 밝히어 이제는 더 이상 아프지 않으실 엄마, 내 안에 가득한 나의 아름다운 엄마께 절을 올린다.

엄마 곁에 누울 때면

집의 뒤꼍에 작은 정자 한 채 있다. 정자 한쪽 켠 난간에 오두마니 붙어 선 앵도나무 한 그루 앵도 알 붉게 여물 무렵이면 정자 처마 뒤덮은 자귀나무 노거수 부챗살 닮은 앙망스런 꽃 한껏 피울 채비를 한다.

기우뚱한 걸음걸이로도 정자에 오르기를 좋아하시던 엄마는 오랜 치매를 앓았어도 노랫말만큼은 한 소절도 잊지 않으셔서, 손부채로 장단 맞추는 딸의 손 맞잡고 〈애수의 소야곡〉이며 〈울고 넘는 박달재〉, 〈그 사람 고향이 남쪽이랬지〉를 즐겨 부르시곤 하셨지.

그랬다, 엄마 곁에 누울 때면 검은등뻐꾸기 울음소리 더 잘 들렸다. 바람이 오고 구름이 가는 소리, 세월 가는 소리 들리는 것 같았다. 엄마 돌아가시고 난 뒤부터는 올라갈 엄두가 나지 않는 우리 집 정자. 봄 여름 가을 없이 무장무장 장대비 소리만 쌓이고 있다.

월색月色만 고요해

새벽 다섯 시경 눈발 날리는 것 보고 잠들었다 깨어나니 마당에 눈이 한 자나 쌓였다. 골짜기에 살다 보니 장하게 내린 첫눈을 반기는 마음보다 쌓인 눈 치울 일이 걱정스럽기만 하다.

빵 한 조각에 커피 한잔 마시고 두 시간여를 눈 쓸고 들어왔는데 지금도 체에 받쳐 내린 밀가루처럼 가느다란 고운 눈발이 이냥 흩날리고 있다. 눈에 눈물이 들어갔는지 날이 사납게 춥지도 않건만 양 볼이 얼얼하다. 눈 오는 날 산에 버리고 온 우리 엄마, 두 해 전 이맘때 세상 떠나신 엄마 생각 또 북받친다.

황성 옛터에 달이 뜨니 월색만 고요해, 아아 가엾다 이 내 몸은 갈 곳이 어드메뇨, 정처없이 거니노라 이 발길 닿는 데로…… 〈황성 옛터〉를 부른다. 〈그 사람 고향이 남쪽이랬지〉를 부른다. 〈애수의 소야곡〉을, 〈불효자는 웁니다〉를 부른다. 엄마가 생시 즐겨 부르셨던 노래를 부르고 또 부른다.

돌아가시기 전 해 부처님 오신 날 집 가까운 절 보광사에 엄마 모시고 갔었더랬다. 뇌경색으로 쓰러져 수족 못 쓰는 엄마, 십 년째 치매 앓는 우리 엄마를…….

눈물 그렁한 눈으로 대웅보전에 엎드려 삼배三拜 하셨더랬다. 기우뚱 기우뚱 우리 엄마 절하셨더랬다. "우리 딸 명 주시고 복 주시고…… 우리 딸 복 주시고 명 주시고……" 절하셨더랬다.

엄마 보고 싶은 밤이다. 엄마 따라가고 싶은 밤이다. 월색만 고요해요. 월색만, 월색만 저다지 고요해요, 엄마.

늦은 성묘

엄마 돌아가신 지 두 번째 기일이다. 코로나-19로 나라 안팎이 불안과 근심으로 가득한 터에 탕 끓이고 찌짐 붙이는 일이 가당키나 한 일인가 싶어 오늘 엄마의 제사를 성묘 가는 것으로 대신했다.

동리의 단골 떡집에 생시 엄마가 좋아하시던 인절미를 사러 갔더니 '반드시 마스크 착용하고 밖에 있는 손소독제 바른 후 노크를 하시오'라고 쓰인 쪽지가 붙여져 있다.

내가 마스크 쓴 것을 유리문으로 확인한 아주머니가 문을 따준다. "떡 없어요, 며칠 전부터 떡을 만들 수가 없어요. 이 동네 상권 다 죽었어요." 깊디깊은 한숨을 내뱉는다. 뒤돌아서는 내 등에 대고 "백설기 서너 개 있는데 그거라도 가져 가실라우?" 하기에, 한 개만 달라고 했더니 두 개를 싸주며 "한 개는 서비스유우" 한다.

집에 있던 과일 몇 개와 북어포, 천 원 주고 산 백설기 두 덩이에 공원

묘지 앞 점방에서 산 막걸리 한 통으로 조붓하니 제사 올리고 엄마, 아버지 나란히 누워 계신 산소에서 잠시 머물다 왔는데,

묘지에 부는 바람이 콧등에 삽상한 걸로 보아 내 엄마, 아버지 그곳에서 평안하신 것 같더라. 몇 밤만 자고 나면 무덤 곳곳에 뫼제비꽃, 호제비꽃 다투어 피어나겠더라.

코로난지 뭔지 하는 망할 놈의 역병도 그 꽃꽃들 사이 길을 내며 나 여기 언제 왔느냐는 듯 뒷걸음치며 냉큼 물러가겠더라.

봐, 물 위의 새들을!

송라산 자락 구름 한 점 없는 밤의 진청색 하늘에 새 한 마리 떠 있다. 박제된 듯 미동이 없더니 이윽고 낡은 엘피판처럼 튄다. 마파람에 휩쓸린 새 한 마리 오므리고 펼치고 잠기며 대초원의 천막처럼 펄럭인다. 날아, 날아라, 날아가라!

깊어지는가 했더니 어느새 흐드러진다. 한낮의 분홍, 저물녘 초록의 눈부심마저도 공평하게 검은색으로 변하는 밤. 흐드러짐이 소멸로, 이내 만상萬象의 흐느낌으로 바뀌는 것도 순간일 터.

유리대롱 같은 빗방울을 심장에 꽂고 밤의 극장에 가서 죽자, 화염연옥火焰煉獄에서 대번에 천상으로 날아오르자. 단 한 번이었지만 영원이었다고 말하는 꽃들의 찰나가, 영겁永劫 같기만 한 내 안의 어둠, 내 비탄의 검은 장막을 단숨에 찢어놓을 수도 있지 않겠어!

환과고독鰥寡孤獨은 늙은 홀아비와 과부, 고아, 늙어서 의지할 데 없는 사람을 일컫는 말이다. 외롭고 의지할 곳이 없는 사람을 두루 일러 환과고독(『맹자』)이라 하느니, 아버지에 이어 어머니마저 저 세상으로 떠난 보낸 나는 외롭고 서러운 천애고아天涯孤兒, 어버이날에 붉은 카네이션 한 잎 천지간 어디에도 걸어둘 데가 없다.

오늘 엄마 돌아가시고 맞는 두 번째 어버이날 저녁. 피터 한트케의 소설을 극화劇化한 영화 〈베를린 천사의 시〉를 다시 보았다. 무시무종無始無終의 밤과 밤을 건너갈 돛배 한 척 봄 강물 위로 띄웠다.

하천이 강을 발견해 물이 흐르기 시작했지. 봐, 물 위의 새들을! 벌써 사라졌잖아.

"
쇠망치를 삼켰으니
바늘을
꺼내야 한다
"

암보다 문학이 더 고통스러웠다

/

"나의 문학관은 잡다한 인간의 생존에 밀착되어 있다"고 소설『지상의 방 한 칸』에 썼던 박영한 선생이 58세를 일기로 영면에 든 지도 오랜 시간 이 지났다. 1988년 그 혹독하게도 추웠던 겨울, 내가 첫 시집『물 속의 아틀 라스』(고려원)를 낸 직후의 눈발 휘날리던 어느 저녁 선생께서 문득 내 집 으로 전화를 걸어오셨다.

당신이『중앙일보』에 연재중인 소설(「우묵배미의 사랑」) 오늘 자 게재 분 에『물 속의 아틀라스』속의 시 한 편(「혹성탈출 첫 발자국」)을 허락 없이 실었 으니 "미안하다, 원고료는 당연히 나누어 주겠다, 술과 밥을 사겠다"는 내 용의 전화였다.

그로부터 며칠 후 선생의 처녀작『노천에서』(『첫사랑』으로 제목을 바꾸어 1994년 민음사에서 재출간)를 건네주며 인사동의 한 카페에서 시원한 맥주 두 어 잔을 고료 대신 사주셨던 기억이 난다.

"이데올로기는 변수지만 인간은 상수, 작품의 생명력은 단발적인 이념성보다는 궁극적이고 보편적인 것에 잇닿을 때 얻어진다"는 선생의 목소리가, 『머나먼 쏭바강』의 박영한이 머나먼 곳으로 떠나기 직전 병상의 인터뷰에서 마지막으로 한 "문학, 그거 암보다 더 고통스러워!"라는 말이 가슴을 파고드는 요즈음이다.

감자 먹이기 / 달아나는 희망의 등 뒤에다 감사 먹이기 / 비음이 너무 많은 우리들의 시 속으로 감자 먹이기 / 가노라 너무나 북적대는 이 황야를 / 떠나노라 너무도 식어버린 이 지구를 / 감자 먹이기 / 잡티가 대량 섞인 우리들의 살 속으로 감자 먹이기 / 돌아보는 희망의 마빡에도 감자 먹이기 / 끝끝내는 왔노라 아무도 눕지 않는 이 혹성에 / 마침내 보았노라 박제된 뮤-즈의 삐걱이는 초상 / 고시레에 망설이는 당신의 귀향길에 감자 먹이기 / 감자 먹이기 당신의 망설이는 귀향길에 고시레에 / 감자 먹이기

— 고(故) 박영한 선생님이 『중앙일보』 연재소설에 인용한 졸시

「혹성탈출 첫 발자국」 전문

쇠망치를 삼켰으니 바늘을 꺼내야 한다

봄을 기다리는 마음의 강박증일까. 책장 앞에 붙어 서서 이 책 저 책을 뒤적거리다 마침 한 권을 뽑아들고 펼쳐진 쪽을 되풀이 읽어내려가는데 머릿속만 격천분류激淺奔流하듯 들끓지 앞서 읽었던 문장은 도무지 그 뜻이 기억에 없다. 공부에는 별 관심 없고 빈둥빈둥 놀기를 탐하던 어린 이백李白이 쇠망치를 깎아 바늘을 만들겠다는 촌부를 만난 뒤 입산하여 10년 동안 책을 읽겠다고 결심했다는 타이화산 기슭의 마침계磨針溪 사진만 눈앞에 오락가락 머물러 있다.

석 달여를 시市 경계를 벗어나길 헤매다 양평군 서종면에 해묵은 살림살이를 하나둘 옮겨 나르기를 보름째, 도배지 채 마르지 않은 젖은 벽에 기대 앉아 저녁 바람소리 듣는다. 북한강 줄기를 십여 분쯤 되짚어 오르다가 서후교 지나 도장교 지나 양지교, 세 개의 돌다리를 재미삼아 건너면 그곳에 붙박여 한 십여 년 책 읽기에 맞춤한 낡은 집 한 채가 있으니 불혹의 나이를 넘어선 내가 새삼 문학과 인생이라는 두 개의 쇠망치를 양 손에 움켜쥔 채 작정하고 찾아든 곳이다.

책을 떨치니 산기슭 잡목림 사이로 새어드는 햇살이 오렌지 분말처럼 시린 눈 속에 바스락댄다. 삼월인데도 이곳의 새소리에는 엷은 살얼음이 남았다. 두건 같은 한 자락 산그늘도 머뭇머뭇 벽오동 가지에 얼어붙었다. 강줄기를 안아 도는 이곳의 저녁 바람은 여태도 보습의 날처럼 날카로워서, 갖은 나무로 회초리를 둘러친 듯한 골짜기의 서늘함이 사르트르가 '절대의 탐구'라고 명명했던 자코메티의 깡마른 인체상들 사이를 거닐고 있는 것만 같다.

여기는 내 생의 어디쯤인가? 이곳은 내 문학이 숨 고를 어느 초라한 간이역인가? 내 시의 뼈 없이 굵은 목소리에 낯 뜨거웠던 시절이 길었다. "나의 작품은 점점 소문자처럼 작아져서, 때로는 자칫하면 먼지가 되어 사라질 것 같았다"는 회한에 가득 찬 어떤 목소리가 내 몸을 스치는 마른 나뭇가지마다 이명처럼 울려온다.

쇠망치를 깎아 바늘을 만들겠다는 옛 중국의 한 촌부와, 그로부터 발심하여 문학의 대장정을 떠나는 어린 이백과, 이십 세기 초입에 스위스의 한촌에서 태어나 '절대'를 향해 숨을 낮추던 조각가 자코메티. 내가 쓸어안을 틈도 없이 그들의 내면에서 불어오는 세찬 폭풍이 산자락에 엎드린 내 집 창틀을 번차례로 휩쓸며 지나가고 있다.

겨우내 제 안으로 꺼져 가던 자연의 뭇 생명들이 제 안으로부터 무성히 푸르러질 날 머지않았다. 겨울의 끝 간 데가 여기쯤이어서 봄은 산하의 그리 먼 곳으로부터 오는 게 아니라는 걸 이제 알겠다. 그렇다면 시인, 시인은 자신의 입으로 생의 쇠망치를 삼켜 뭇 생명들의 상처를 꿰매는 몇 땀 바늘로 그것을 정련해 토해내는 사람이 아닐 것인가.

옛 수첩을 태우며

땅집으로 옮겨온 지 넉 달로 접어들었다. 산을 두르고 있어서인지 새 소리 그치지 않고 장방형의 좁장한 마당엔 발 딛는 곳마다 야생의 꽃들이 빼곡하다.

벼르던 차에 수사해당 붉은 꽃잎 모아 옛 수첩들을 태운다. "늙고 죽고 슬퍼하고 고통에 시달리고 절망에 빠지는 존재인 인간은 아름다운 것과 친교를 맺음으로써 해방될 수 있다"는 구절, 언젠가 책을 읽다가 적바림해 놓은, 부처가 제자 아난에게 말했다는 구절에 새삼 가슴이 먹먹해진다.

시인은 일생의 매 순간마다 시의 공격을 받는다 했으니, 수없이 찢고 지우고 다시 써내려가는 한 줄의 문장, 잠든 혼을 일깨워 쓰는 한 편의 시가 생의 온갖 부잡함을 씻어내 주기를 스스로에게 다짐하고 되묻는 날들이 이어지고 있다.

그림에 관한 짧은 노트

나무로 된 조각품을 대할 때마다 떠오르는 미셸 투르니에의 구절이 있다. "나무에 조각을 한다는 것은 곧 문신을 새기거나 한 인간의 살 속에 난절亂切의 흔적을 남겨놓는 것이나 다를 바 없다"는 것이다.

러시아 스몰렌스크 태생의 조각가 오시프 자드킨(1890~1967)은 이 난절의 흔적을 인간 존재의 불안과 교배시켜, 인간의 육체를 외투에 빗댄 플라톤의 은유가 한낱 무모한 조크였음을 극명하게 보여주고 있다.

고개를 떨군 세 사람의 입상立像과 웅크린 좌상坐像은 부재하는 현존(와상臥像)을 조상弔喪하는 그의 가족들로서, 이 다섯 사람은 한 그루의 나무 속에서 불현듯 뛰쳐나와 운명이라는 망망대해 앞에 선 인간 존재의 두려움과 떨림을 그 조소彫削된 육체로써 보란 듯 펼쳐 보이고 있다.

이토록 딱딱한 다섯 개의 덩어리들로부터 감촉되는 슬픔은 물처럼 투명하고, 또한 이 슬픔은 대기 중에 박제된 물, 그러니까 저 나무 조형물 속으로 서서히 잠식해 들어갈 시간의 유속流速만큼이나 잔혹하고 어둡고 또 깊다. 서 있는 세 사람과 웅크린 한 사람, 엎드린 주검의 완강한 대비는 지상의 삶 속에 예비된 고통의 완벽한 축도다. 부동의 자세로 꼿꼿이 서 있는 세 사람의 고개조차 거쳐 온 삶과 헤쳐나가야 할 어둠의 횡단면 안쪽으로 너무도 깊숙이 드리워져 있는 것이다.

그리하여 저기 엎드려 누운 주검은 우리들 운명의 갈 데 없는 제물인

욥이면서 욥의 아들이며 동시에 조각가 자드킨 자신일 것이다. 자드킨은 한 그루 나무의 투박한 목피 속을 주저 없이 열고 들어가 나무의 심연 속에 웅크린 인간존재의 비의秘儀와 불현듯 마주섰을 것이다. 한 사람이 눕기엔 너무 크고 다섯 모두가 들어가기엔 너무도 비좁아 보이는 저들이 딛고 선 대지의 나무 뚜껑이 마저 열리면, 이토록 비루한 삶과 은폐된 진실과 세계의 거짓조차 한갓 남루로 분분히 흩어질 것이다.

'더 가지 마, 인간이 알면 안 되는 부분이 있어'라며 뭇 행인들이 옷소매를 거칠게 붙잡아 끌지만, 모든 위대한 작가는 매 번의 작품 — 그 물거품 속에서 죽고, 매 번의 작품 — 그 물거품 속에서 기어코 다시 소생하는 것이다. 그러니 슬픔이여, 이 절명絶命의 아름다움을 또한 어찌할 것인가!

유머러스한 슬픔 속의 풍자

유월 햇살이 따갑다. 마당가에는 붉은 줄장미가 연신 꽃망울을 터뜨리고 있는데, 그 곁에 세워놓은 낡은 유모차 속에선 지금 넉살좋은 우리집 고양이가 참으로 곤하게 잠들어 계시다.

고양이…… 나는 집에서 기르는 짐승들 중에서도 고양이란 종족을 몹시도 꺼려하여 사람도 고양이 상賞을 하고 있으면 가까이 대하는 것을 무척이나 곤혹스러워 하였는데, 어찌어찌해서 집안에 들인 저 고양이와는 어느 결에 정이 들었던지 눈앞에 안 보이면 금세라도 허전해지는 참 묘한 친분관계로까지 발전하게 되었다.

고양이라면 그저 소름끼치도록 오싹한 영물쯤으로만 여겨왔던 나와, 세상의 그 모든 고양이족을 대변하여 오히려 인간을 가장 방자한 존재로 단언하는 그 무례한 고양이와의 조우가 없었던들, 우리집 고양이에 대한 나의 친절과 인내는 아마 꿈속에서라도 상상해보기가 힘들었을 것 같다.

"나는 고양이로다. 이름은 아직 없다. 어디서 태어났는지 도무지 짐작이 가지 않는다. 어둑어둑하고 질척질척한 곳에서 야옹야옹 울고 있었던 것을 기억한다. 나는 이곳에서 처음으로 인간이라는 것을 보았다."

일본 근대문학기의 대표적인 작가 나쓰메 소세키가 쓴 12장에 걸친 연작 장편『나는 고양이로다』는 위와 같은 비장한 톤으로 시작되고 있는데, 한 마리 무명 고양이의 눈을 통해 인간 존재의 실상과 허상을 통렬히 파헤치는 이 책의 매력은 읽는 이로 하여금 유머러스한 슬픔을 자아내게 한다.

스스로 동물 박해의 제 일인자로 손꼽던 나와 같은 비정한 사람을 일시에 동물 애호가로 급반전시켜 놓은 이 한 권의 책 속에는 주인공(작중 화자, 즉 고양이)이 기거하는 집주인 서생書生을 비롯하여 자칭 미학자, 시인, 속악한 권위주의자 등속의 많은 인물들이 등장하는데, 그들의 대화와 움직임의 깊은 속살까지를 발라내는 이 고양이의 놀라운 통찰력을 통하여 우리는 각종의 문학에서 취할 수 없었던 또 다른 별미 중의 한 가지를 선뜻 제공받을 수도 있을 것이다.

자못 태평스러워 보이는 사람들도 마음 밑바닥을 두드려보면 어쩐지 슬픈 소리가 나는 때문일까. 멋드러진 풍자와 조소, 인성의 그로테스크함을 신랄하게 고발하고 비웃는 고양이의 음성에도 적잖은 물기가 스며 있고 그 물기 속에는 얼마간의 나른한 꿈꾸는 듯한 졸음이 배어 있기까지 하다.

하품을 하면서 세계를 집어삼킨다?

/

　잠자리 들기 전에 물 한 컵 마시는 식으로 소갈증을 가라앉히기 위해 시작한 맥주 한두 잔이 요즘은 하루 건너뛰면 아쉬울 만큼 습관이 되다시피 했다. 순전히 자가 진단이지만 알콜릭을 동반한 만성자살 징후를 염려할 필요는 조금도 느끼지 않는다. 스스로도 대견하리만큼 주량과 완급을 적절히 조절해서 악성에 가까운 두 시간여의 입면 시간을 일이십 분대로 줄인 건 최근의 내 음주벽이 낳은 최고의 개가라고 할 수 있겠다.

　그리하여 나는 이즈음의 내 음주문화를 가무歌舞도 없고 지음知音은 없으되, 나로서는 더 이상 소중할 수 없다는 의미에서 '수면제의적 음주'로 명명하기로 했다. 나 때문에 늘 잠을 설치던 옆자리 식구도 별반 염려스러운 기색이 아니다. "화풍이 건듯 부러 녹수를 건너오니, 청향은 잔에 지고 낙홍은 옷에 진다" 어쩌구 하는 시흥詩興은 순전히 입술 머금은 소리로만 내는 탓도 있으려니와, 냉장실 포켓에 남아있는 술이 없으면 "어, 없구만!"

하고는 그만이지 이 엄동설한에 벌벌거리며 찻길 건너 신성新星 슈퍼까지 한달음에 뛰어갈 정도로는 아니기 때문이다.

맥주 한 병을 혼자서 홀짝거리자니 신산스러울 때가 없는 것은 영 아니다. 그래서 손에 집히는 대로 책을 읽는 습관 또한 길어지는데 시간대가 늦어질수록 책은 되도록 당도糖度가 낮은 것들로 한정하기로 했다. 수면 보조용에 음주 동반용인데도 불구하고 뇌리에 오래 남아있는 것들이 그 시각에 읽은 책들인 것을 보면 음주와 독서는 내적으로도 아주 긴밀한 유대를 지니고 있음에 틀림없다고 나름대로 역설하고 싶은 마음도 생긴다.

책을 읽다 보면, 작가의 작의作意와는 상관없이 그냥 내 식으로 삶이나 문학에 은근슬쩍 대입시켜 보고 싶은 속물 근성을 발동시키는 구절이 있기 마련이다. 가령 이번 구정 연휴에 차례상 물리고 남은 음복주 벗 삼아 다시 읽은 나츠메 소세키夏目漱石(1867~1916)의 소설『산시로三四郞』(1908)의 다음과 같은 구절.

엥유우가 분장한 광대는 광대가 된 엥유우니까 재미있고, 코상이 하는 광대는 코상을 떠난 광대니까 재미있다. 엥유우가 연기하는 인물에서 엥유우를 감추면 인물이 아주 소멸해 버린다. 코상이 연기하는 인물로부터 아무리 코상을 감춘다 해도 인물은 기운이 충만하여 약동할 뿐이다.

여기서 엥유우(1857~1930)는 광대, 코상(1849~1907)은 만담가인데 둘 다 일본에서는 널리 알려진 예능인들로 메이지明治 시대 동경의 풍속도가 곳곳에 배치돼 있고 그것을 바라보는 작가의 날카로운 직관이 유감없이 드러나는 소설『산시로』는 청춘교양소설이 흔히 지니기 마련인 자기도취적인 아나크로니즘에서 제법 멀찍이 물러 서 있다. 달콤새콤한 연애의 긴박감이 없는 것은 아니지만, 최근의 내 독서가 가담하고 싶은 자리는 인물들이 담기는 장소성과 그것의 시공간적 현재를 조밀하게 묘파해내는 작가의 집요한 시선이다.

어쨌든, 작중 인물의 입을 빌어 라쿠고落語(만담) 공연을 보고난 후의 소감을 늘어놓고 있는 이 구절들을 되풀이 읽다 보면 배삼룡, 이주일 식의 예명藝名일 듯싶은 '엥유우', '코상' 하는 코맹맹이 이름들이 우선 즐겁다. 코상과 코상이 연기하는 인물들을 각각 소설가와 소설, 엥유우와 엥유우가 연기하는 인물들을 시인과 시로 바꿔서 읽어보니 더 신난다. 영혼에도 콧구멍, 숨구멍이 있다면 거길 넘나드는 시나 노래는 단연코 엥유우적的이어야 하지 않을까. 소설가/소설은 아무려면 코상 쪽이지 싶다.

펼치는 매 쪽에서 작가의 신변 잡기가 유지油脂처럼 배어나는 소설은 식상해진 지 오래, 자신의 뱃속에서 우려내지 않은 도통한 시들이 이제는 지겹다. 이러다 보니 한두 잔의 음복주가 서너 병의 맥주로 이어지지 않을 수야 없는 법. 천지간에 상장喪章 두른 듯한 이런 밤이면 '하품을 하면서 세계를 집어 삼킨다'는 샤를 보들레르 식으로 말이지.

저 광대무변한 우주의 별빛들, 눈썰미로나마 움켜쥐고 싶은 겨울 별자리들. 또 그 아래 꽝꽝 얼어붙은 2004년 대한민국 어둔 밤하늘을 속절없이 수놓는 전광판의 불빛들 — 찜질방, 노래방, PC방의 네온불빛들까지 하품 소리서껀 맥주거품서껀 단숨에 들이켜는 시늉이라도 꿀꺽, 꿀꺽, 꿀꺽 한 바탕 야단스레 내보는 것이다.

소리의 현絃

/

　신문을 보다 보니까 앙드레 말로가 일본 법륭사에 있는 백제관음을 보고 남겼다는 감동어린 술회述懷가 그대로 옮겨져 있다. 그중 한 문장이 몹시도 강렬하게 가슴을 쳐서 뇌리에 옮겨 적어놓고 때로 우물거려보곤 하는데.

　관음을 보고 있노라면 그 가느다란 몸체의 수직선이 나의 심금에 접합돼 소리를 내고 있다.

　나의 관심은 일본 열도가 침몰하는 마당에 단 한 가지 비상 반출이 허락된다면 그가 들고 가고 싶다고 했던 유일한 아름다움, 우리의 백제관음에 마주서기에 앞서 심금에 접합돼 소리를 낸다는 그 가느다란 몸체의 수직선에 있었다.

관음 몸체의 수직선과 그의 심금이 내지른 소리가 빚는 이미지의 긴장이 너무도 팽팽해서 그 감동이 내 손끝으로도 촉감되는 듯 강렬했는데, 시가 갈망하는 긴장이 바로 저, 삶이라는 고누 잡히지 않는 빽빽한 물체에 맞닿아 내지르는 오갈 데 없는 소리(울음)의 현絃을 고르는 일 아니겠는가 하는 생각.

항주杭州, 그 물빛 기억들

1994년 1월 북경대학에서 '루쉰魯迅 학술발표회'가 있었다. 예비 없이 귓쌈 치듯 소소리바람 몰아치던 북경의 그 겨울, 학술대회를 마치고 10박 11일 동안 둘러본 북경의 이화원이며 상하이 황포강, 서안의 병마용갱, 화청지, 진시왕릉이며 계림의 이강, 항주와 소주의 물빛 풍광들이 주마등 스치듯 번교대로 눈앞에 떠올라온다.

일정을 함께했던 신봉승, 박완서, 이성선 선생님들은 이미 고인이 되셨건만 흐린 망막에 서늘히 고이는 것들 이리도 아련하고 선명할 수가 없다. 김윤식, 현기영, 김화영, 최동호 선생님을 비롯, 스무 명이 넘는 일행들의 무탈한 여로를 위해 낮밤 없이 동분서주했던 하응백 선생의 기꺼운 노고는 그 여정의 빡빡한 일정들이며 온갖 시름들마저 그리움으로 남게 해준 너끈한 힘이 되었을 테다.

생애 첫 해외 여행이라 아무런 마련이 없었던 나는 꽉 끼는 신발로 인해 양쪽 다섯 발가락 모두에 물집이 잡히고 다리는 퉁퉁 부어오르고, 급기야 상하이호텔 회전문에 손이 끼어 심한 부상까지 입고야 말았다.

그 딱한 모양새를 알아차린 박완서 선생님이 가만가만 나를 당신의 방으로 불러서는 발에, 다리에 엘러스틱 밴대지를 감아주고 당신의 잠옷을 손수 입혀주시면서 "아이고, 이 바보야, 에고, 이 가엾은 것!", 눈물까지 그렁그렁하셔서는 "오늘은 나하고 같이 자자, 내 옆에 꼭 붙어서 자자" 하셔서 응석받이 어린애처럼 선생님 품에 안기어 여행 중 처음으로 따뜻하고 깊고 달디 단 잠을 잘 수가 있었으니, 다음 날 아침 예비로 준비해 오신 선생님의 운동화까지 내어주셔서 내 발 크기보다 풍덩해서 통증이 절로 덜어지는 선생님의 신발을 신고서야 나는 마침내 만리장성을 오를 수 있게 되었다.

'한·중 조각 교류전' 항주 전시가 있어 며칠 후부터 그곳에 머물게 될 식구의 여행 가방을 챙기다 기억 속 부표처럼 떠올라 온 항주. 오래고 오래전 바다와 맞닿아 있던 첸탄강 하구 서호西湖의 지금도 그 호면에 일렁이고 있을 성 싶은 내 마음의 삼담인월三潭印月, 박완서, 이성선 선생님을 향한 그리움이 오늘 물빛으로 부풀어 오른다.

항주의 서호 뱃전에서 박완서 선생님과, 만리장성 오르면서 이성선 선생님과, 소제蘇堤에 비스듬 기대어 서서 서호 물낯을 배경으로 담은 청

춘지절의 나는 어디에 있을까. 지금쯤이면 천축天竺에 이르렀을 두 분의
영면永眠을 비는 마음 간절해진다.

흩날리는 시간의 뒤뜰에

/

　친구 어머니의 급작스런 부음으로 안동행行. 문상 가기 전 잠시 병산서원엘 들렀다. 한 번 오고 두 번 오고 근 스무 해 만에 세 번째 왔는데 바람 좋은 날의 푸른 하늘 이고 선 배롱꽃은 이미 끝물이고 서원書院은 더없이 적막하기만 하다. 만대루 누마루에 앉아 층암절벽을 넋 놓고 바라보던 때는 먼 옛일, 누대樓臺는 낡고 낡아 오를 수 없었기에 배롱나무 꽃그늘에 발자국만 보태고 빈소로 향했다.

　문상 마치고 장례식장 옆 무인호텔에서 일박하고 봉정사에 들렀다. 봉정사, 2000년 2월 안동시 서후면 봉정사 대웅전 종보받침에서 1428년(조선 세종 10년)과 1434년(세종 17년)에 기록한 두 장의 묵서墨書와 함께 현존하는 국내 최고最古의 후불벽화인 〈미륵하생도彌勒下生圖〉가 발견되었다

는 기사를 접하고 시「도적의 발걸음」을 쓴 지도 오랜 세월이 흘렀다. 사
람은 가고 가도 흩날리는 시간의 뒤뜰에 벽화는 오롯 남았는가.

도적의 발걸음

잠시 멈추어 서 보아라
시간의 뒤뜰이 흩날리듯 붉다
꽃 떨군 영산홍 나뭇가지
하늬바람에 뒤챌 때
후불벽화 본존불 민틋한 소맷자락에
헛것인 듯 어여쁜
보상당초무늬가 새겨졌으리
불가불 나는 여태도
등에 박힌 나무의
나뭇잎 한 장 떼어내지 못했다
물의 밑바닥에 엎드릴수록
참구하는 마음 얻지 못했다

나를 가엾게 여기지 마라 나를 위해

수륙재 따위 베풀지 마라

나는 해거름 산사에 잠입한 도적이니

내가 구하여

한 시절 나의 장원莊園에 펼치려는 것은

발복發福이 아니라 정적

한오백년 나무의 근력으로 떠받친

미륵하생도의 저다지 가뿐한 정적량靜寂量이다

헛것인 듯 어여쁘다, 저 당초문

도적의 발걸음이 성큼 나아간다

모과, 모과꽃

과일전 망신은 도맡아 시킨다는 모양새에 비해 향은 맑고도 두터워 책상 머리맡이나 식탁의 한 귀퉁이, 심지어는 승용차의 차창을 통해서도 한눈에 들어오는 이제는 보는 이 누구에게나 정답고 소담스런 모과 바구니.

모과를 볼 때면 누구보다 모과차를 맛나게 끓여내시던 인사동 찻집 '귀천'의 목순옥 여사님, 그 모과향 담뿍 닮은 수줍고 도리납작한 웃음끝이 떠오른다.

살구꽃, 감꽃, 복사꽃, 배꽃…… 마음이 유리로 지어져 있다면 유리 마음 전체에 쨍하게 금이 가게 어여쁜 저 꽃꽃들. 꽃그늘을 베고 눕기도 하고 실에 꿰어 목에 둘러보기도 하고 "가지에 맺힌 것은 건드리지 말아라, 그 한 잎, 한 잎이 다 과실이란다" 엄마께 지청구를 듣기도 하고…….

남양주 삼패리에서 3킬로미터 남짓 되는 들길을 밟고 올라가면 자생 잣나무가 무성해서 이름 지어졌다는 백봉산(혹은 잣봉산)이라 불리는 아직은 사람 때가 그다지 많이 타지 않은 숲이 무성하고 아름다운 산이 있다.

그 산 기슭엔 감추이듯 지어진 작디작은 절 한 채가 있고, 절집 주변으로 향나무, 사철나무, 벚나무, 단풍나무, 물푸레나무, 피나무, 붉나무, 박달나무, 대추나무, 잣나무, 밤나무 등속의 갖은 나무들이 무리를 지어 울창한 원림圓林을 이루는데, 그 절의 허물어져 가는 요사채 뒷곁에 오도카니 서 있던 꽃 핀 모과나무 한 채를 이 봄에 나는 기어코 만나고야 말았던 것이다.

세상에! 못생긴 과실 모과가 안겨주는 저다지 비밀스런 향낭香囊의 정체란 비할 데 없이 가녀린 모과꽃 붉은 꽃잎 한 장, 한 장의 타는 듯 애절한 아름다움에 있었던 것이 아닌가.

무간지옥無間地獄에 분다 하는 바람 필바라침必波羅鍼이 지각地殼 속으로 불어 제껴 온갖 미물의 몸과 마음을 건조시키고 말라버리게 한다 하여도 나는 차오르는 내 속엣말을 오월 못비에 젖어 술렁이는 너의 이마에 저리도록 쏟고 또 쏟아 부을 테다. 너 거기 있었구나. 네가 맞으냐? 네가, 아니어도, 나는 괜찮다!

시무나무와 김삿갓의 시

시무나무를 보고 왔다. 집에서 10킬로미터 남짓한 거리에 있는 수령 오백 년의 시무나무를 때때로 혼자 보러가고는 한다.

오五 리里마다 한 주株씩 거리를 재듯이 심었던 오리나무에 비해 시무나무는 이십 리마다의 이정표였기에 스무나무라고도 불린다. 나무의 가지에 가시가 돋아 있어 그 가시에 찔리면 스무 날 동안 고생하였기에 스무나무라고 했다는 유래도 있다. 시무나무는 여름이면 초록의 짙은 그늘을 드리우는 느릅나뭇과에 속한 낙엽고목이다.

전설에 따르면 지둔리의 시무나무 둥치 속에는 구렁이가 살았고 그 구렁이는 나무와 함께 마을을 지키는 수호신으로 섬겨지기도 했단다. 육이오 전화戰禍에 폭격으로 불길에 휩싸였지만 화마에 쓰러지지 않고 오백 년 세월을 오롯이 한, 우리나라에서 현존하는 시무나무 중 가장 오랜 노거수이다.

김삿갓, 김병연은 「스무나무 아래二十樹下」라는 시를 남기기도 했다. "스무(스물/이십), 설흔(서른/삼십), 망할(마흔/사십), 쉰 밥(쉰/오십)"에 주목해서 읽어보면 시의 숨은 재미가 만만치 않다.

> 스무나무(시무나무) 아래에 선 설흔(서러운) 나그네에게
>
> 마흔(망할) 동네에서 쉰밥을 주는구나.
>
> 인간으로서 어찌 일흔(이런) 일이 있을 수 있으리오.
>
> 고향에 돌아가 설흔(설은) 밥을 먹는 것만 못하구나.

장맛비 잦아들기 무섭게

사흘 만에 다시 찾은 북한강이다. 능내의 마현 마을 초입 다산茶山 정약용의 무덤이 있는 곳.

작은 기념관 지나 느릅나무, 은행나무 녹음 우거진 길 따라 왼쪽으로 강을 두르고 삼십 분 남짓 느린 걸음으로 걷고 걸으면 길의 좌우로 크고 작은 연밭이 펼쳐진다.

언제나 그랬듯 토끼섬 바라보이는 정자가 내 산책의 끝자락. 물막이 공사로 인해 지금은 건너갈 수 없는 토끼섬에는 이태 전까지만 해도 잿빛 토끼 대여섯 마리가 새빨간 젖은 눈을 껌벅이며 이리저리 젖은 풀섶을 뛰어다니곤 했었다.

먼 강물과 덜컹거리는 산그늘과 분홍수련, 수련 봉우리 끝에 앉아 미동도 하지 않는 잠자리와 바람 불어도 날아갈 기미를 보이지 않는 왜가리 한 마리.

저 모든 붐비며 생동하는 삼라만상이, 군더더기라곤 도무지 찾아볼 수 없는 대자연의 재재바른 일꾼들이 일시에 나의 기쁨, 나의 슬픔을 축복해 주려고 이 순간에 마련되지 않았겠는가 하는 생각.

"번뇌煩惱의 한가운데 있을 때, 바로 그때가 공부할 때"라는 왕양명의 문장이 번갈아 스치듯이 일어나기도 하는 물바람 선선한 북한강 저녁나절이다.

시마 詩魔

시마詩魔에 들었다고 생각한 적이 있다. 첫 시집 『물 속의 아틀라스』 (1988년)를 내던 무렵의 몇 달 동안과 세 번째 시집 『적멸의 즐거움』(1999년) 을 출간하기 전의 한두 계절 동안을 누군가가 불러주는 듯이, 마치 안에서 뿜어져 나오듯이 하루에도 예닐곱 편 이상의 시를 내리닫이로 썼었던 것 같다.

출판사에 시집 원고를 넘기고 공판인쇄에 들어간 중에도 수십 편의 시 를 교체하는 극성을 떨기도 했으니, 이제 와 돌아보면 썩 변변치도 않은 시 들을 두고 시마니 뭐니 입설에 올린 일이 스스로 부끄럽기만 하다.

하기사 시마도 늙어 사람의 집 문간에 걸터앉아 숨 고르기만을 하고 있는지 요사이는 그때의 신열 오르던 순간들, 한 구절, 한 구절 받아 적기 에도 벅찼던 순간들이 매오로시 그립기만 한 것을.

경자년庚子年을 보내며

격절隔絶의 상태에 놓이지 않으면 글을 쓰지 못하는 병이 도졌다. 사이토 마리코齊藤眞理子의 시구를 빌리자면 "땅에다 깊이 뿌리박으면서 하늘을 날고 싶은 병"일 수도 있겠다. 깊은 밤 차를 몰고 천변으로 가 수동이(건강원 창살을 뚫고 탈출한 개)와 길고양이들 밥 한 끼 살펴주는 것 외 대부분의 시간을, 어질머리까지를 집 안에, 책상 앞에 붙박아두고 있다.

혹자或者들은 흔히 시인을 일러 천형天刑의 수인囚人이라고들 말한다. 등단이라고 한 지 마흔 해 가깝고, 국민학교(초등학교) 시절부터 시랍시고 끄적여 온 세월이 어언 반백 년을 넘어서고 있는데 도무지 자족할 만한 시 한 편 얻지 못해 스스로를 몇십 년째 위리안치圍籬安置하고도 간난신고艱難辛苦가 끊이지 않는 삶이다.

첫 시집 『물속의 아틀라스』(고려원, 1988)의 날개 사진을 나 모르는 사이 누군가 찍었던 그해 봄, 해프닝으로 끝난 두 번의 자살 소동이 있었다. 오

136

래 모아둔 수면제를 단숨에 한 주먹 털어 넣었을 때는 때마침 집으로 찾아온 친구에게 발견되었고, 슈베르트의 현악 4중주 〈죽음과 소녀〉 음반을 반복적으로 리플레이하다가 급기야 커튼에 목을 매었을 때는 커튼대가 부러져 발목뼈에 금만 가는 정도로 또 한 차례의 해프닝도 우스꽝스럽게 마무리되었었다. 무모하기 짝이 없었던 두 날 모두 유서를 대신해 시집 한 권 분량의 시편들을 철해 놓은 누런 봉투를 책상 위에 사뿐히 올려놓았었지!

올 한 해는 갑작스런 코로나19 사태로 지구촌 주민 모두가 서럽고도 황망한 유폐의 나날들을 보내고 있다. 혼자 있으라! 부디 혼자로 돌아가라! 위반에 대한 자연의 이 심오한 형벌은 때때로 우주 설계자의 계시처럼 섬뜩하게 느껴져 오기도 한다.

한 해가 저물어가는 무렵이면 남은 날짜들을 손가락 꼽으며 "징글징글한 해여, 어서어서 가라, 부디 뒤돌아보지 말란 말이야!" 해보지 않았던 해가 별로 없었던 것도 같다. 그러니 오는 해에 거는 안녕과 무사의 기대치가 높을 턱이야 있겠나.

70퍼센트 정도 퇴고를 해나가다가 손을 놓을 수밖에 없었던 생애 첫 산문집과 들여다볼수록 손댈 곳 많은 여섯 번째 시집 원고들을 다시 매만지기 시작했다.

'시는 내가 홀로 있는 방식'(페르난도 페수아)이라고 코로나는 되풀이 말하는 것 같다. 내 숙주가 되고 싶지 않으면 시여, 사람이여, 홀로 있으라, 물 샐 틈 없이 홀로 있으라!

제4부

곤 가을이
오리라

저 단풍 빛

집 근처 산책길에서 만났던 빈집.

무너진 담벼락, 폐허를 타고 오르는 홍황紅黃의 단풍 빛이 사람의 비애
조차 궁륭으로 만드는 듯했으니 잡풀 무성한 빈집의 마당에 누군들 햇곡
식을 말리고 싶지 않았으랴.

더 깊이 들어가 되돌아 나올 수 없는 폐허면 어떤가. 낮고도 잠잠해, 귀
기울이면 해금소리 한 자락 울려 퍼지는 왁자한 폐허.

가을 마당에 앉다

어느 절의 행자가 절 마당을 깨끗이 쓸어놓으니 그 절집 스님 놀라 달려와 쓸어서 한쪽으로 몰아놓은 낙엽이며 검불이며 마른 꽃잎들을 무겁도록 안아다 깨끗한 빈 마당에 도로 흩뿌려 놓았다 한다. 가을 마당은 그렇게나 깨끗이 쓸어내는 게 아니라는 말씀.

감기 기운으로 누웠다, 앉았다 어질머리 가시지 않아 마당으로 나서 본다. 집이 산속에 있으니 풀과 나무와 꽃과 새들이 이 집의 주인, 이 마당의 게으른 행자인 나는 감기나 앓으면 그뿐 애써 어디 한 군데 쓸고 말고 할 데가 없다.

만물에는 서로 나란히 자라면서도 헤치지 않음이 있다는 한 구절 퍼뜩 떠오르니, 한 여뀌꽃, 한 물봉선, 한 달개비꽃 사이 나도 어느새 누가 누가 볼세라 펑퍼짐 잠잠 섞여 앉는다.

가을 대방출

꽃이 아름답고 나무가 귀한 것은 내장이 없는 탓이다. 마당의 가을꽃 앞에 쪼그리고 앉아 한 가계家系가 한 해 동안 쏟아냈던 똥오줌 치우는 모습 바라본다.

정화조 청소는 일 년에 한 번 이맘때면 하는 정기 행사. 일을 마친 수거 노인이 비지땀 닦으며 오늘의 오물 게이지가 사만 원이라 한다.

불한당처럼 어깨 걸고 덤비는 가을 바람이여, 내 오늘 큰맘 먹고 오마넌 줄 터이니 상하고 찢긴 내 오장 속 천변만화로 요동치는 오물단지, 마음이라는 요물도 좀 멀리 퍼다 버려 주소!

처진 소나무

청도 운문사에는 천연기념물 제180호로 지정된 2미터 높이의 처진 소나무가 있다. 수령이 오백 년 정도 되었다고 한다.

1990년대가 다 저물어가는 어느 겨울 저물녘, 사물四物의 소리가 하늘과 땅과 대지와 물속을 울리는 시각이 돼서야 가까스로 운문사 경내에 닿아 처진 소나무를 보았다.

집에서 도보로 삼십 분도 채 걸리지 않는 오래된 절집, 고려 때 건조된 사찰 보광사에도 처진 소나무가 두 그루 있다.

일주일에 서너 번 보광사 경내의 처진 소나무까지 이어지는 내 산책의 길 끝 공작의 날개깃처럼 장려하게 펼쳐 나를 맞이하던 처진 소나무,

붉은빛 어슴푸레 감도는 처진 소나무의 우듬지 끝에 오늘 보랏빛 꽃이 피었다. 소나무꽃, 세상에 소나무에 꽃이 피었다!

늦가을 묘적사에서

　／

　지척에 두고도 걸음이 뜸했던 사이 묘적사妙寂寺 절 마당이 금빛 보료를 깔았다. 계절의 광휘라는 표현이 수다스럽지 않게 들림 직한 샛노란 눈부신 빛깔의 은행잎들이 오체투지로 엎드려 있다.

　체로금풍體露金風 낙엽귀근落葉歸根…… 열없이 뎅그렁거리는 대웅보전 추녀 끝의 양철 물고기들도 내심으로는 방하착放下著을 꿈꾸는 건 아닐까.

　　일체가 바람으로 좇아나고
　　일체가 바람으로 좇아 멸하는 것이니
　　바람이 불어오는 곳을 요달了達하면
　　생도 없고 멸도 없으리라.

　가을바람에 나무의 본체가 완연히 드러날 때까지 분분히 내리고 아

147

득히 흩날리며 총총히 흙의 뿌리로 되돌아갈 은행잎들, 기억들…… 만공의 게송偈頌 읊조리며 올려다보는 서쪽 하늘 실금 가는 소리 들리는 11월 만추晩秋의 늦은 오후다.

곧 가을이 오리라

양광陽光은 등에 따갑고 그늘 쪽은 어느새 스산하다. 햇빛과 그늘의 스미고 흩어지는 경계, 그 자리에 웅크리고 앉아 누군가를 기다리거나, 가야 하나 말아야 하나를 좀 더 오래 머뭇거려도 좋을 시기가 이즈음인 듯하다.

여름내 재재발랐던 빛의 걸음걸이가 슬슬 굼떠지기 시작하고 큼큼거리면 코끝에 바짝 당겨올 햇빛, 그늘, 가을꽃 향기.

해묵은 노트를 열고 「오늘 밤에 만난 가을」을 다시 읽는다. 다자이 오사무는 일찍이 가을을 두고 "여름이 타고 남은 것", "여름은 샹들리에, 가을은 등롱燈籠, 그리고 코스모스 무참"이라고 썼다.

심은 적 없는 마당가 쑥부쟁이 보랏빛 꽃들 아래 한 마리 새의 주검…… 적막한 천지간 어느 가을 이른 바람에 실려 왔나, 꽃들아, 새야, 문상 온 나비야.

능내

두물머리 물가에 몸을 띄우고 바람은 건너편 일몰 쪽으로 불어간다. 한 무리의 행락객들 법석거리고 물 냄새 밥 냄새 저녁 이내에 끼어들고 어둠 속 어둠의 더 짙은 형해로 물 건너의 차례로 지워지는 산들⋯⋯ 세월은 베틀의 북과 같이 빨라서 백년이 문틈을 지나는 말馬과 같다 하더니, 백전백승 승전의 기념비를 세우려는지 이제 막 다산茶山 묘소를 돌아 나온 어둠, 무너미 검붉은 안쪽으로 빠르게 빠르게 잦아들고 있다.

내 집에서 멀지 않은 곳에 다산茶山 정약용丁若鏞의 무덤이 있다. 발걸음을 재촉해 봐도 상수원보호구역인 그곳 일대에 별장이며 카페, 요릿집이 즐비하여 절로 눈살을 찌푸리게 되는 것을 어찌할 수 없으니, 일없이 웅성거리는 행락객들도 피할 겸해서 날이 궂거나 스산한 바람이 일 때면 자주 들르게 되는 곳이다.

다산은 마현에 있는 고향 집의 당호를 여유당與猶堂이라 이름 붙였다. '여유與猶'란 "겨울에 시내를 건너는 것처럼 신중하게 하고, 사방에서  나를 엿보는 것을 두려워하듯 경계하라"는 뜻으로 노자의 도덕경道德經 15장에 나오는 말이다.

다산 묘소에 이르는 길은 북한강과 남한강이 합수하는 두물머리를 거쳐야 하는데, 혹은 이수두二水頭 혹은 양수리兩水里라고 불리는 두물머리의 예전 풍광과, 그 풍광을 몹시도 사랑했던 다산의 마음은 그의 여러 살가운 산문 가운데서도「늙은 낚시꾼의 뱃집苕上烟波釣叟之家記」을 펼치면 잘 보인다.

떠다니는 뱃집을 몰고 수종산과 초천 사이를 오가며, 오늘은 월계의 연못에서 고기를 잡고 내일은 석호의 굽이에서 낚시질하며 또 그 다음 날에는 문암의 여울에서 고기잡이 하련다. 바람 속에서 밥 먹고 물 위에서 자면서, 물결 가운데의 오리들처럼 두둥실 떠다닌다. 그러나 때때로 짤막한 시가를 지어 기구한 여러 가지 정회를 나 홀로 풀어내기도 하는.

이라 적고 있는 것이니, 다산의 만단정회萬端情懷가 손안에 이루잡힐 듯한 두물머리 강변에는 지금도 그의 수심愁心처럼 오므리고 펼치고 잠긴 무수한 연蓮의 이파리들이 지나는 사람의 분주한 넋을 대번에 휘감아오기도 하는 것이리.

가을 수종사

우거寓居에서 멀리 떨어진 곳이 아니기에 때때로 찾게 되는 절집이 수종사水鍾寺다. 남한강, 북한강이 합수合水하는 이수두二水頭 물길이 한눈에 내려다보이는 운길산 수종사를 '동방 사찰 중 제일의 풍광'이라 칭송하며 조선 전기의 학자 서거정徐居正은 아래와 같은 시를 지었다.

가을이 오매 경치가 구슬퍼지기 쉬운데

묵은 밤비가 아침까지 계속하니 물이 언덕을 치네

하계下界에서는 연기와 티끌을 피할 곳이 없건만 상방上方 누각은 하늘과 가지런하네

흰 구름은 자욱한데 뉘게 줄거나

누런 잎이 휘날리니 길이 아득하네

내 동원에 가서 참선 이야기 하려 하니

밝은 달밤에 괴이한 새 울게 하지 말아라.

그로부터 340년이 지난 어느 해 봄날 다산^{茶山} 정약용도 「춘일유수종
사^{春日遊水鍾寺}」라는 시를 짓는다.

고운 햇살 옷깃에 비추어 밝은데

옅은 그림자 먼 밭에 떠 있다

배에서 내리니 자유로워 기분 좋고

골짜기에 들어서니 그윽하여 즐겁구나

바위 풀 교묘하게 단장하였고

산버섯 둥글게 불끈 솟아나왔네

아스라한 강변에 어촌이 보이고

위태로운 산머리엔 절간이 붙어있다

생각이 맑아지니 사물이 경쾌하게 여겨지고

몸이 높아지니 신선이 멀지 않구나

안타까움은 뜻 맞은 길손이 없어

현묘한 도 찾는 토론 못함이로다.

그러고 보니 수줍은 대로 내게도 수종사를 노래한 시 한 편이 있다.

가을 수종사

두물머리 지나는 시월 산그늘은

산벚나무 키 큰 모롱이 돌고

돌배나무 때죽나무 젖은 모롱이 돌아

운길산의 작은 절 수종사에 머문다

수종사水種寺… 해발 4백 미터에 핀

물봉선 진분홍 꽃잎 같은 절,

우산牛山에 지는 듯

분수汾水에 흐르는 듯

두드리면 편시춘片時春 한 자락이 울려퍼질 것만 같은

파르란 단애의 종루에서

언뜻언뜻 저 밑 물마루 붉고 큰

두 가랑이 사이로 누군가의 전생前生이

물살의 훈김처럼 떠올라오고

맑은 속으로도 비 듣는 듯

가을산이 저 홀로 이슥토록 묵은 찻잎을 달이시는 듯

이내 속으로 흐르듯 잦아드는

안 보이는 옛님의 더딘 발걸음일랑

어느 경經, 어느 저녁

새푸른 녹유전*을 거니시는지!

---

* 녹유전(綠釉塼) : 법당 내부에 까는 벽돌로서 표면에 유액을 발라서 녹색의 광택을 냄. 아미타경
에 보면 극락세계의 땅은 푸른 유리로 되어 있다고 하는데, 이 녹유전을 통해 극락정토를 희원
한다 함.

파위교에서

별일이 없는 한 저녁녘에는 집에서 5킬로미터 남짓 거리에 있는 물골 안 구운천으로 간다.

땅집에 살면서부터 거두기 시작한 길고양이들 사료 챙겨주고 천변길 걷고, 파위교 돌난간에 기대 건넛산에서부터 내를 따라 불길처럼 번지는, 무어라 이름붙이기 어려운 저 아스라한 붉음을 넋 놓고 바라보다 돌아오 는 것이 내 하루 일과 중 하나이다.

꼭 가고 싶었지만 먼 길이라 망설이고 있었는데 마침 오래 전 가르쳤 던 제자의 어머니가 집으로 와서는 황현산 선생님 1주기 추모식엘 데려다 주었다. 만날 때마다 기력이 없어 보인다며 애써 육고기를 사주곤 하는 사 람. 어제는 추모식 끝난 늦은 시각을 마다 않고 집으로 데려다주기까지 했 으니 그 고마움을 이루 말하기가 어렵다.

모처럼 천변 벤치에 앉아 담배 한 개비 피워 무는데 개구리 한 마리가 가로등에 굴신하듯 붙어서는 "어려움이 끝나는 시절은 없다. 그래서 그 안에서 공부도 하고 그러는 거다." 선생의 말을 온몸으로 내비춰 주고 있는 듯이 보인다. 여름밤 눅진한 천변바람에도 생생하게 실려 오고 있다.

사람의 저녁

날개를 접은 새가 처마를 엿보고, 창연히 어두운 빛이 먼 하늘로부터 이르는

— 李鈺, 「土悲秋解」 중에서

'한 해의 저녁'인 이즈음 집 뒤 골짜기의 활엽수들이며 마당가 몇 그루 나무들이 며칠 사이 뼈대만 앙상해졌다. 만지면 살얼음 버석거릴 듯 날빛 마저 스산해져서 하루의 온종일이 일몰시각대인 것 같다.

우편물 가지러, 고양이들 밥 주러 마당에 내려서는 것 외 두문불출한 지 몇 날이 흘렀나, 열흘 이상을 들붙어 있는 감기몸살이다. 신경망들 올올이 지느러미처럼 제멋대로 일렁이고 물비린내 내며 가래를 끓이고 신열에 들뜬 채 가시울타리를 팽팽히 둘러치고 있다. "하루의 저녁도 슬퍼할 만한데, 일 년의 저녁을" 아니, 사람의 저녁을 어찌 슬퍼하지 않을 수 있겠는가.

나날들

그리 넓지 않은 골짜기집 마당의 낙엽이 쓸어도 쓸어도 끝이 안 보인다.

"가을이 깊어지면 나는 거의 매일 뜰의 낙엽을 긁어모으지 않으면 안된다. 날마다 하는 일이건만, 낙엽은 어느새 날아 떨어져서, 또다시 쌓이는 것이다"로 시작되는 이효석의 수필 「낙엽을 태우며」에서처럼 내 집 마당에서라도 함부로 낙엽을 태울 수 없는 요즘이고 보니,

앞치마 두르고 목장갑 끼고 대빗자루로 쓸고 갈퀴로 긁어 모아 산자락 오르내리며 쏟아붓기를 수십 번을 했는데도 대문간의 뽕나무, 불두화나무에서 후드득, 수돗가 모과나무, 벗나무 가지에서 후드득, 담장에 붙어 선 단풍나무, 백목련, 자목련 나뭇가지에 여태도 매어달린 잎들이 대번에 후드득 후드득 흩날려오는 것이다.

떨어질 테면 떨어져봐라. 수조엽락樹凋葉落이면 체로금풍體露金風이요, 낙엽귀근落葉歸根이란다. 흩어져 뒹구는 모양새도 빛깔도 제각각인 온갖 나무들의 해어지고 메마른 웃가지들 한아름 안고 산비탈 오르내리면서 체로금풍, 낙엽귀근······ 가을바람에 나무의 몸체가 드러나듯이 본래의 면목이나 심성이 그대로 드러난다는 『벽암록碧巖錄』 한 구절 궁시렁 궁시렁 되풀이 읊조리는 나날들이다.

빈자일등貧者一燈의 달

옛사람들은 소나무 사이로 뜬 달을 송월松月, 담쟁이덩굴 사이로 비치는 달은 나월蘿月, 서리 내린 밤의 달을 상월霜月이라 이름 지어 불렀다고 한다.

더할 나위 없이 운치 있는 경치를 일러 송풍나월松風蘿月이라 적기도 하였으니 소나무 사이로 부는 바람과 담쟁이덩굴 사이로 비치는 달이다.

외롭고 높고 쓸쓸하여라, 오늘 내가 밤의 마당에 우두커니 서서 바라보는 저 달은 빈자일등貧者一燈의 달.

자연사 할 뻔!

매일같이 걷는 천변길이지만 겨울 해 빨리 지고 해 떨어지기 무섭게 물바람 매서워지니 돌아오는 발걸음 절로 빨라지는데 하마터면 난데없이 물속으로 곤두박힐 뻔했다. 시속 20킬로미터 속도는 족히 내 등 뒤로 내닫는 거대한 물체와 깻잎 한 장 차이의 간격으로 가까스로 큰숨 돌렸다.

내 몸이 휘청하는 사이 놈은 한 달음에 천변 길 아래 억새 수풀 사이로 뛰어들었다. 고라니였다! 천변 옆으로는 논과 밭, 뒤로는 전원주택들이 띄엄띄엄 늘어 서 있고 산은 멀어도 한참이나 먼데 어찌어찌 그 길을 뚫고 고라니들이 자주 물 마시러 내려오곤 하더라니.

천천히 걷는데도 숨이 차고 저녁 물바람 세차지만 얼굴은 연신 달아오르는데 고라니와의 충돌로 혹여라도 내가 잘못되었더라면 접촉사일까? 실족사일까? 아무렴, 자연사지! 실없이 중얼중얼…… 살얼음 물 위에 뜬 저 놈의 오리 떼들은 미동도 없다.

날짜들

골짜기에 다시 눈 내리는데 사흘 전 빙판에 미끄러져 퉁퉁 부어오른 팔목이 책상 면에 닿을 때마다 전열선을 스친 듯 찌릿찌릿하다. 본시 우리 삶의 크고 작은 면목이 그러하듯 설화雪花에 취했다가 설화雪禍를 입은 셈이 되었다고나 할까.

새해라고 앞에 붙은 눈이 뒤통수로 움직여가는 것 아니겠으니 자칫 위험할 수도 있는 사물, 사물이 눈에 보이는 것보다 가까이 있다는 후사경의 의미를 자주 되새기라는 경고가 아니겠는가 싶다.

바라건대 올해는 지상에 도착한 시간들이 못된 된꼬까리 만나 시퍼렇게 멍드는 날짜들 조금만이라도 줄었으면 싶다. 다행히도 어디 한 곳 크게 부서진 데는 없어서 오전에 내린 눈 해 저물어서야 치우고 들어와 저녁상 차릴 준비하려는데 애타게 봄을 기다리는 멧새들 동공만 한 눈송이들이 박명薄明의 골짜기를 쉼 없이 휘덮고 있다.

제 5 부

도스토예프스키의
홍차

도스토예프스키의 홍차

2004년 갑신년 새해 제일 먼저 찾아보고 싶은 곳이 러시아 페트로그라드에 있는 도스토예프스키 기념관이다.

페트로그라드는 도스토예프스키가 1875년부터 죽을 때까지 살았던 곳으로 기념관의 서재 책상에는 지금도 그가 사용하던 촛대와 잉크, 철필, 교정쇄 등과 함께 생전에 즐겨마시던 홍차 한 잔이 놓여있다고 한다. 기념관 직원이 그 찻잔에 날마다 차를 새로 채워놓는다고 하니, 그 찻잔에서 오르는 훈김이라도 한번 쐬어 날로 소진해가는 내 문학적 체력을 회복해 보고픈 소망을 연신 부추기는 장소가 바로 그곳이다.

흔히 문화유산 보존의 으뜸 국가로 프랑스, 영국, 이탈리아 등을 꼽는다. 그러나 러시아만큼 문화유산을 철저하게 보관, 관리하고 있는 나라도 흔치 않을 것이다. 러시아 문화유산의 안내서라 할 만한 책을 뒤져보니 과연 러시아에는 웬만한 작가마다 기념관이 건립되어 있으며 각각의 기념관에는 작가의 생전 생활품까지 온전하게 비치되어 있다는 것이다.

작가에 따라 서너 군데씩 되는 기념관 안내를 해당 작가에 대한 전문 연구자들이 맡고 있다는 것도 놀라운데, 모스크바에 있는 푸쉬킨 박물관에는 보관된 자료가 10만 점이 넘으며 푸쉬킨 기념관은 러시아 대륙 전역에 스무 개가 넘을 정도라고 한다.

공화국의 수도마다 빠짐없이 서 있다는 푸쉬킨 동상을 다 둘러보지 못하는 것이 무슨 대수이랴. 내 오감五感이 아낌없이 들이켜고 싶은 것은 죽은 자의 서재에서조차 하루도 거르지 않고 피어오르는 차茶의 따스한 훈김이다. 그 찻잔의 온기, 그 찻물이 날마다 새롭게 피워 올리는 훈김이야말로 한 사회가 그 나라 문화에 부여하는 깊은 사랑이며 그 가치를 향한 최고의 헌사가 아니고 무엇이겠는가.

근·현대 문화예술인들의 고택을 보존하겠다던 정부 방침은 어디로 갔는지 현진건 고택이 하루아침에 헐려버렸다는 소식을 접하니 벽지까지도 작가 생시의 것을 재생해 발랐다는 도스토예프스키 기념관을 향하여 뻗어가던 마음이 삽시에 오그라든다.

연행燕行 길의 연암燕巖 박지원朴趾源이 눈앞에 펼쳐진 드넓은 요동벌을 보고 "좋은 울음터로다. 울 만하구나"라고 적고 있는데, 한 작가가 머물다 사라진 마당귀 메마른 낙엽송 둥치 아래 마음의 삭풍 같은 술 한 잔을 붓고 그 연무霧霧 속에 엎드려 크게 한바탕 울음을 터뜨리고 싶다.

한 작가, 한 시인의 높고 외롭고 청청靑淸한 정신이 머물렀다 떠난 집터 만큼 광활한 울음터가 세계 문학사에 또 어디 있겠는가.

셜리에 관한 모든 것

/

에드워드 호퍼에 관한 방대한 전기를 기록한 게일 레빈은 호퍼의 그림을 흔히 보아왔던 광장인데도 왠지 낯설고, 익숙한 공간인데도 생소하고, 사람들과 함께 있는데도 외로워 보이는 그림들이 그의 대표적인 그림들이라고 말한다.

로버트 프루스트를 연상시키는 호퍼의 '시적 사실주의 회화'를 바라보는 알랭드 보통의 시선을 따라가 보면 에드워드 호퍼의 그림은 슬프지만 우리를 슬프게 만들지는 않는다는 것.

세상에서 가장 특별하고 매혹적인 애니메이션이라는 극찬을 받기도 한 이 영화에서 구스타브 감독은 명화 혹은 역사적 장면을 정지화면처럼 연출하는 일명 '타블로 비방'이라는 새로운 연출기법을 도입해서 화제를 모으기도 했다.

에드워드 호퍼의 대표작 열세 점을 회화의 재해석을 넘어 그림과 스틸의 구분이 어려울 만큼 완벽에 가깝게 재현했다는 극찬을 받기도 한 구스타프 도이치 감독의 영화 〈셜리에 관한 모든 것〉(2013년). 내가 게스트로 초대받아 에드워드 호퍼의 작품 세계로 안내하게 될 영화 〈셜리에 관한 모든 것〉은 오는 4월 21일 갤러리세인에서 방영된다.

무한으로 빚어낸 생명의 경이驚異

경기도 마석의 수동마을에 십 년 넘어 터 잡은 백현옥 선생의 작업실은 찔레꽃 흐드러진 집의 들머리에서부터 계류가 흐르고 한 그루 계수나무의 조막만 한 잎사귀들조차 봄 하늘 가득히 오연한 물소리를 풀어놓는다.

작업실 앞마당을 서성이는 염소 몇 마리, 그것들을 이끌고 어디 영원의 장터라도 향하고 있는 듯한 작품 〈장날〉의 브론즈 영감님은 금세라도 포즈를 허물고 밭은 숨 내뿜으며 말을 건네올 듯한데, 생을 향한 긴 물음표 같은 구부정한 저 동세動勢가 산야에 붐비는 봄물 소리에 더불어 선생의 조각 생애 40년의 먼 발자취인 양 고즈넉하다.

작업실 안쪽은 개인전 채비로 불붙듯 휘황하였다. 이십여 년 만의 두 번째 개인전을 위해 공룡의 거대한 자궁은 지금 막 막바지 산통을 겪고 있는 중이다. 자정 넘어 잠자리에 들어도 새벽 네 시만 되면 저절로 눈이 번쩍 떠진다는 선생의 손끝에서 좁쌀만 한 불의 알갱이들이 연거푸 쏟아지고 있다. 무수한 전선들이 아크릴 물고기의 혈관 속을 플랑크톤 떼처럼 몰려다니는데, 안개 속을 헤매는 거대한 물고기, '무어霧魚'의 초대형 지느러미에 마침내 점화의 불꽃이 인다.

어느 때부터인가 '기氣', '기운氣運'을 감촉되는 형태로써 포착해내고자 하시던 선생의 열망이 비로소 제의적 형태로 현현되고 있는 것인가. '무어'의 투명한 날갯짓 너머로는 일상에서 끌어온 제재들; 이를테면 숟가락, 멍석, 무쇠솥뚜껑 등의 무기물들이 일제히 분출하는 보리/식물성의 형태로 약동하고 있다. 질료의 상태에서 해방된 물질들 ─ 솥뚜껑 탑파塔婆들은 하늘에 읍소하는 '기우제'로, 자연계의 운용원리인 상생하고 상극하는 목화토금수木火土金水의 '오행도'는 저마다 또렷한 최초의 물성적 형태로 환원되고 있다.

한 나무의 나뭇잎이 지구 중력을 벗어나는 순간의 격통을 공간화하려는 것인가. 빛으로 새긴 그림, 시간의 틈새를 나부끼는 벌거벗은 조상彫像들이 인간의 눈동자가 담아낼 수 있는 시공간의 최대치를 무너뜨린다. 전통적 묵화 기법의 그 급소만을 빼온 듯 시간의 표면적을 최대치로 넓혀놓은 저 그림들은 선의 흐름만으로도 몽환의 부피를 무한대로 넘나들고 있다. 아니다, 빛의 기울기, 시선의 왜곡에 따라 자재로이 변화하는 것은 유기물로서의 상像이면서 동시에 그 상을 휩싸고 있는 무정형의 배경으로

서의 시공간이다. 시선이 쉴 틈, 공간의 꼭짓점을 찾아 부유하고 있는 저 이들 '허공에 매어달린' 일련의 조각들은 팽창하는 시공간의 틈을 메우는 성속聖俗의 보합물로써의 역할을 주저 없이 수행해낸다.

내연內燃하는 입체의 미로를 가까스로 빠져나온 아크릴 부조들은 한 작가의 창조적 고뇌의 체적이 무한의 내부로 열려있음을 일러주고 있는 것임에 틀림없다. 어둠과 빛이 어떻게 교묘하게 깍지 끼워져 있는가를 섬세한 긁어내기의 형태로써 제시하고 있는 저 부조들은 "상반되는 개념은 공존을 의미한다"는 선생의 예술적 신념의 뚜렷한 형태적 반영물이 아닐 수 없다. 부재만큼 그 존재를 확실하게 드러내 보이는 것은 없다는 천둥 같은 저 속삭임!

나는 지금 내 눈자위 가득 꽃 피어 떠다니는 빛의 환화幻畵를 보고 있는 중이어서 손으로 만져지는 덩어리의 세계가 잘 실감되지 않는다. 그러니 실오라기로 흩어지는 저 유정有情, 저 빛 덩어리들은 벽력霹靂을 떼어내어 빚어낸 무한無限 아니면 그 무엇이랴. 인간의 길에서 하늘의 길을 되돌아보게 하는 한 그루 계수나무는 서천西天에서 뻗어 내린 경이로운 신목神木인 양 선생의 집 정원에 더할 수 없이 반짝이는 은하의 물빛을 보태고 있다.

시인과 군인

논산 연무대 육군훈련소 병영 내에서 '이 가을, 다시 부르는 노래'를 주제로 인문학 특강이 열렸다. 200명인지 300명인지 도무지 그 수를 헤아리기 힘든 수많은 군인들이 한 시인을 맞이하고 시와 교감하기 위해 일찍부터 강당에 빼곡이 자리하고 있다.

훈련소에 들어서던 때부터 야외 회식이 끝나고 훈련소를 나서던 순간까지 내 나라 대한민국의 군인들이 이 땅의 한 시인에게 보여준 그토록 듬직한 예우와 극진한 환대를 시에 대한 믿음, 생명에 대한 아낌없는 존중이 아니고 무엇이라 하겠나.

늦가을 빛이 드넓게 쏟아지던 훈련소에 머무는 내내 시인이, 시가 이토록 귀하게 존중되고 받아들여지는 곳이 병영이라는 사실이 놀랍기만 했으니, 강의가 끝난 후 앞서거니 뒤서거니 달려 나와 글썽이는 눈으로 맞잡아주던 그들의 뜨거운 손길을 어찌 잊으랴.

못 생긴 사람은 얼굴만 봐도 흥겹다

몇 해 전 이맘때일 것이다. 뜻하지 않은 모임에 마지못해 참석했다가 참으로 웃지못할 일을 겪게 되었다. 그 자리에 동석한 대학 동창의 남편이 그 무렵 개업한 성형외과 의사였는데, 그 엄동설한에 불쏘시개처럼 좌중을 달구던 그의 일장연설이 나를 며칠간 실소하게 만든 것이다. 문단의 말석에서 서른 해 가까이 지지부진을 면치 못하는 나 들으라는 소리인 듯 그의 목소리는 자못 비장하게 충혈되어 있었다.

지금도 내 귓전에 생생한 그의 말을 대충 옮겨보자면, 오늘날 예술가란 예술가들은 죄다 사이비이며, 인체를 질료 삼아 절대의 미를 빚어내는 자신이야말로 참다운 예술 정신을 실현하는 진정한 의미의 예술가라는 것이다. 시술할 때 손끝에 와 닿는 떨림 운운할 때만 해도 저만한 직업적 자부심이라면 스스로 예술적 경지를 자처할 수도 있으려니 싶었다. 거기까지만 해도 그의 좀 지나치다 싶은 목소리를 갓 개업한 의사로서의 치기나

애교어린 상술쯤으로 웃어넘길 수도 있었다.

내 예술적 무능에 들이댄 송곳의 깊이를 안으로 가늠하며 다른 동창들이 눈치 채지 않도록 때를 보아 그 자리를 벗어나기만 하면 그만일 터였다. 그런데, 둘러앉은 사람의 신체 부위를 일일이 지목해가며 너는 이곳을 째라, 당신은 저곳을 깎아라 하는 식으로 사람의 피부를 마치 밀가루 반죽이나 석회뭉치쯤으로 취급하는 데에는 놀라움을 금하지 않을 수가 없었으니, 수요가 가치를 창출하는 자본만능의 시대에 성형외과를 찾는 사람들 수에 비례될 만큼 공연장이나 미술관 관람객의 수가 압도적으로 줄어드는 문화의 기현상에 대해 내가 뭐라고 떠들어 본들 무슨 소용이 있었으랴.

나 학창 시절 분명 내 또래였던 비련의 여주인공이 삼십수 년이라는 시간이 지난 지금 그때보다 더 탱탱해진 모습으로 TV 화면에 클로즈업될 때, 상대적으로 더욱 쪼글쪼글해 뵈는 내 얼굴의 무수히 팬 주름들 앞에서 나 자신 단 한 번이라도 비감해 본 적은 없었던가. 그러나 이대로라면 세계 제일의 성형 천국으로 손꼽히는 대한민국 내 나라 땅에서는 태어난 모습 그대로를 만족해하는 사람을 손으로 꼽을 날도 그다지 얼마 남지 않았을 듯싶다. 한숨과 눈물, 기쁨과 회환의 나이테인 저 시간의 무게를 묵묵히 새기며 늙어가는 사람의 얼굴을 보기 위해서는 성지순례라도 하듯 깊은 오지마을이라도 찾아나서야 될 듯싶다.

언제부터인가 성형 예술의 비약적 발전에 환호하며 '성형계'라는 계모임마저 성행한다 하니, 이래서야 이제껏 유전되어 오던 우리 얼굴, 한국인의 얼굴이라는 정체성마저도 까마득한 옛날의 시네마 필름에서나 찾아보아야 되지 않을까 우려되는 것이다. 여성지의 광고 태반이 성형외과 광고로 도배되어 있고 엄청난 돈을 들여 수술/시술에 성공한 연예인들이 몇십억 원 대의 CF 출연료를 자랑하는 '얼짱', '몸짱'의 시대에 나의 박약몽매한 예술은 무슨 소리를 내주어야 하는 것일까.

이 이태백, 사오정의 시대에 생존을 위해 눈물을 머금고 부모님이 주신 '자연'에 기스를 내는 사람들도 있으니, 자칭 마이더스의 손을 지닌 내 동창생의 남편, 그리고 그의 수많은 동료 성형 예술가들이 이 땅의 미를 위해 행하는 분투에 문득 일어서서 기립박수라도 쳐주어야만 하는 것은 아닐까. 어쨌든 나는 진정한 예술가임을 자처하는 내 동창생 남편의 직업적 보람만은 높이 사주고 싶다. 그의 설익은 예술론에 경의를 표할 수는 없다 하더라도 그렇다고 그 넘치는 직업적 정열을 뒤돌아 서서 탓하고 싶은 마음 또한 추호도 없다.

그를 포함해서 그가 말한 이 땅의 모든 사이비 예술가들 또한 흘러가는 세월 앞에서는 속수무책, 그 세월의 상흔을 감쪽같이 사라지게 할 기적의 보톡스 주사를 텅 빈 허공의 어디에도 놔 줄 수는 없을 테니 말이다. 그렇다면 나는 거울 저 너머의 나머지 생까지도 기꺼이 나르시스의 후예로 살리. 세수 마친 뒤 거울에 비친 지명知命, 지천명知天命의 내 얼굴 위로 신경림 시인의 시 한 구절 보오얗게 떠오르나니, 아아 "못 생긴 사람은 얼굴만 봐도 흥겹다!"

비밀을 말하려는 순간

지난해 여름 긴긴 장마 속 못날 같은 장대비를 뚫고 이종동생이 집에 왔었다. 못 만나고 지낸 오랜 사이 낯빛은 어두울 대로 어둡고 길에서 스치면 모르고 지나치리만큼 퍽이나 야윈 모습이었다.

누나와 모처럼 술 한잔 하고 싶어 왔다며 술과 족발이 든 비닐봉지를 식탁에 올려놓는데 처진 어깨며 손끝에서 심상치 않은 기운이 돈다.

당시 나는 속이 좋질 않아 치료를 받고 있던 중이기도 해서 캔맥주 하나를 입술에 적시는 둥 마는 둥 했고 저 혼자 소주를 한 병쯤 비웠을까.

눈에서 쉴 새 없이 눈물이 떨어진다. 술잔 잡은 손이 부들부들 떨린다. 돌아가신 내 엄마 얘기며 내게는 이모인 자신의 엄마 얘기를 나누다 말고 갑자기 이 녀석이 꺼억꺼억 울기 시작하는 것이다.

대학에서 문학을 전공했지만 전공을 살리지 않고 나름 탄탄한 사업체를 운영하던 동생이어서 나로서는 혹여 회사에 부도라도 났는가 싶었는데 창자에서부터 치받쳐 올라오는 듯한 울음덩어리를 한 시간이 넘도록 피 토하듯 쏟아내며 오열하던 녀석이 "누나, 환이가 호모래, 호모!" 울부짖는다.

환이는 동생의 하나밖에 없는 아들이다. 초등학교, 중학교 전교에서 1, 2등을 놓치지 않던 환은 고교 1학년 때 미국으로 유학을 가서 지금은 내로라하는 미국의 명문대학에 다니고 있다.

1년 전 방학을 맞아 귀국했을 때 강남의 한 참치집에서 환이 놈이 자신이 게이라고 고백을 하더라고 했다. 도무지 믿기지 않아 하는 내게 스마트폰을 꺼내 사진 몇 장을 보여주는데 나 자신도 아연실색하지 않을 수 없었다.

"인연을 끊기로 했어요, 누나. 그놈 공부시키느라 내 버는 것 전부를 보내다시피 했는데 이제 더 이상의 학비나 체류비도 안 보낼 것이니 네가 알아서 하라고 했어요. 호적에서 파버리겠다고 했어요. 그날 참치집에서 그놈의 손이 내 몸을 스치는 것조차 징그럽고 끔찍했어요." 한다.

환은 중학생 때부터 자신의 특이 성징을 알았고 주변의 친구들 몇몇에게는 고백했지만 부모에게는 도저히 자신의 성적 정체성을 알릴 수 없어 참고 또 참았으나 더 이상은 미룰 수 없어 이제야 말하노라고 했단다.

한 다리가 천 리라고 했던가. 내가 받았던 곤혹스러움과 충격은 아들이 자신의 꿈이자 전부인 동생에 비하면 말로, 입으로 배설해 낼 어떤 것이 아니었다.

오늘 동생에게서 전화가 왔다. 환이를 다시 제 품에 안았노라고 했다. 천륜을 끊어낼 수는 없는 것이더라고 했다. 전화도 차단하고 카카오톡도 지우고 1년 너머 절연 상태로 지냈는데 그것이 생지옥이더라고 했다.

조카 환이가 자신의 성징을 알았던 후부터도 그토록 오랜 동안 품고 있었을 슬픔을 생각하면 지금도 가슴이 엔다. 연예인들의 커밍아웃을 그럴 수도 있겠다 싶은 정도로만 생각했지, 그것이 내 혈육, 내 가족이고 보니……

임을 위한 행진곡

김포발發 제주행行 비행기가 이륙하기 전부터 몸 상태가 온전치 않았으나 어디에 있든 아플 냥이면 기왕이면 길 위에서 아프자는 오기로 성산포 바람코지의 휘몰아치는 낮과 밤을 걷고 또 걸었다.

그 바다의 어느 페이지를 펼치면 해원解寃의 바닷길이 열릴까. 바다 앞에서의 오한과 고열은 살아남은 자라면 누구에게든 당연한 몫이라는 생각. 그 바다가 4월, 그것도 제주 바다였으니 더더욱 그러하지 않았겠는가.

제주 바다 앞에서 열두 번의 밤을 보내고 임상적으로는 부서진 약병, 찢어진 약봉투 같은 가혹하게 헝클어진 바다를 한아름 안아 들고 돌아와, 백기완의 1981년 미발표 장시長詩 「묏비나리」(1980)의 한 부분을 차용, 황석영이 가사를 짓고 김종률이 곡을 지은 〈임을 위한 행진곡〉을 몇 번이고 몇 번이고 따라 부른다.

TV 앞에서일망정 벌떡 일어나 〈임을 위한 행진곡〉을 복창한다. 얼마,

얼마, 얼마 만인가! 나는 운다. 당신들, 당신들도 운다. 살아남은 자의 슬픔
⋯⋯, 진창에 뒤엉키는 방울방울 물방울 같은 나도, 당신들도 살아남아 이
렇게 서럽게 나부낀다, 운다.

나라면 그날 도청에 남을 수 있었을까? 그 대답이 무엇이든 스스로에게 물
어보는 시간을 가졌다면, 우리는 그날의 희생자들에게 응답한 것입니다.

— 문재인

청계천 복원에 대한 한 생각

서울의 심장부에서 청계천고가도로와 삼일고가도로가 사라진 지도 해를 넘겼다. 서울시가 처음 청계천 복원계획을 내놓았을 때만 해도 계획에 동참한 사람들 말고 그 꿈같은 계획의 실현성 여부를 미더워한 이들이 몇 사람이나 되었을까.

공사는 시작되었고, 한 여론조사에 의하면 지난해 말 서울시민들은 서울시가 2003년 벌인 사업 중 '청계천 복원 착공'을 가장 잘한 일로 꼽았다고 한다. 그럴 만큼 공사로 인한 도심 교통 정체에 대한 우려는 많은 이들의 걱정보다는 안도할 만한 것이었다.

여러 문제들을 앞지르며 과감히 실행된 청계천 복원 사업의 막바지 진통인가. 최근에는 청계천 복원의 선봉장 역할을 해왔던 서울시장의 피소 사태가 빚어지는 등 발굴된 유물에 대한 훼손 논란이 이어지고 있다. '복원 방안이 검토될 때까지 복원 공사를 중단하는 방안을 검토하라'는 문화재

청의 권고는 사후약방문 격이긴 하지만 남아있는 유물들의 온전한 보존을 위해서는 그나마 다행한 일이 아닐 수 없다.

문화재청의 요청에 따라 지난 8일부터 문화재가 출토된 네 곳의 공사를 중단했다고 하니 2005년 9월로 예정된 복원 공사 완료에 대한 기대는 늦추는 것이 좋을 듯싶다. 그런데도 여전히 납득하기 어려운 점은 남는다.

복원에 따르는 문화재 지표 조사가 분명 있었을 법한데 공사가 한창 진행 중인 이제 와서야 부랴부랴 '청계천 문화재 보존 전문가 위원회'(가칭)라는 자문 기구를 구성할 수 있는가 하는 점이다. 공사에 앞서 청계천의 유물 발굴과 그 보존을 위한 체계적인 지침서를 마련해놓고는 있었을까 하는 의구심마저도 든다.

예나 이제나 우리나라 문화재 보호 정책은 신뢰를 떨어뜨리기에 충분한 크고 작은 실행失行을 되풀이 해왔음을 부인하기는 어려울 것이다. 예컨대, 풍화를 이기지 못한 석물石物의 틈서리며 귀퉁이를 시멘트로 메꾸고 거기다가 누구라도 식별 가능할 조악한 솜씨로 마치 고졸한 이끼인 양 물감을 덧발라놓은 경우는 허다하게 있어 왔다. 그 보수 공사의 잣대가 도무지 미덥지 못하다는 게 아니다. 그대로 두었더라면 더 좋았을 법한 문화 유적들마저 이해 못할 덧칠로써 문화재로서의 품격을 떨어뜨리는 모습을 수없이 봐 왔기에 하는 말이다.

문화재들을 마주 대할 때마다 합격 관문이 까다롭기 그지없다는 문화재 보수 관리와 관련한 자격증(문화재수리기술자격시험)은 뉘 손에 쥐어져 있으며 문화재 보호와 관리 보수의 주관처가 대체 어디인가를 따져 묻고 싶었던 적이 한두 번이 아니다.

청계천 복원 사업에서 최대의 걸림돌로 작용하고 있는 문제 또한 문화재 훼손 여부를 놓고 청계천복원시민위원회와 청계천복원추진본부 간의 좁히지 못하는 입장 차이일 것이다.

양측의 입장이 찢겨질 수밖에 없었던 원인은 청계천 복원을 위한 구체적인 청사진이 지나치게 불분명했다는 데까지 소급해서 생각해 볼 수도 있다. 무엇보다도 청계천이 품어 안고 있었던 수많은 유물들과 청계천이라는 문화 유적을 따로 떼어놓고서 진정한 의미의 '청계천 복원'을 기대할 수는 없을 터이다.

그토록 오랜 시간을 안팎으로 뜨겁게 맞물려 있었을 그 유적들처럼, 그것들의 나무랄 데 없는 보존과 복원을 위해서는 이제부터라도 시민위원회와 추진본부 양자가 힘을 함께 모았으면 하는 마음 간절하다. 그것들 모두가 어느 것 하나 버릴 데 없는 우리의 소중한 문화 유산이 아닐 수 없으니 말이다.

시인은 이 땅의 우물물이 의심스럽다

문학 작품에 최초로 등장한 자살은 오이디푸스의 어머니인 요카스타의 자살로 알려져 있다. 이전까지의 자살이 거의 전적으로 신에 대한 모독, 자기 살해, 도덕적 범죄, 혹은 질병으로 이해되었다면, 호머에 의해 자살에 대한 문학적 표지가 최초로 정당하게 이루어졌다고 볼 수 있다. 그러나 자살에 대한 연구가 사회학적으로 그 동기를 부여받기 시작하는 때는 1897년 프랑스 학자 에밀 뒤르켕의 '자살론―사회학적 연구'가 출간되면서부터다.

부제에서 볼 수 있듯이, 그것은 자살의 문제를 한 개인의 도덕성에 둔 것이 아니라 사회적 정황에 두고 있는 것이다. 연구서에 의하면, 지난 20세기 최고의 자살률을 보인 나라는 헝가리이며 핀란드, 오스트리아, 체코슬로바키아의 순으로 이어지고 있다.

한 나라의 자살률을 보면 그 나라의 문화 지표를 알 수 있다는 얘기는 이제 옛말이 되었다. 이제껏 우리가 일반적으로 알고 있었던 자살자의 자살 동기는 그가 처한 외부적 불행과는 비교적 무관하다는 것이었다. 저개발국가의 자살률보다 부유한 산업국가의 자살률이 그만큼 더 높았다는 것은, 고도문명국 자살자들의 자살 동기가 대부분 자기 정체성 혼란이라는 비교적 개인적인 선택이었다는 뜻으로 풀이될 수 있다. 그러나 우리 사회는 지금 어떠한가. 지금 우리 사회에 만연해 있는 자살과 자살에 관한 풍문들은 헝클어진 사회라는 제방을 넘어 범람해오는 홍수에 맞먹는 것이다.

노동자들의 잇단 자살, 대학 수능 시험 1교시를 마치고 투신한 여고생의 자살, 파산한 아버지가 일가족을 살해하고 자살, 생활고에 쫓긴 어머니가 자녀들과 동반 투신 자살, 강제 출국에 내몰린 외국 노동자들의 잇단 자살, 자살, 자살……. 현재 무슨 증후군처럼 이어지는 이러한 자살을 그들 개개인의 삶의 실패라는 사회 병리의 한 현상으로서만 받아들여야 할 것인가.

다가올 자살을 막는 최초의 예비책은 그러한 자살이 우리 사회와 사회 구성원 모두가 책임져야 할 집단 정체성 혼란에 깊이 연루되어 있다는 사실을 깨닫는 일이다. 가정에서부터 제도권에 이르기까지, 저들의 삶을 벼랑 끝으로 내모는 '무력감'과 '소외'의 정체성을 확인하고 그것에 대응하는 방법론을 구체적으로 모색해 나가는 일이다.

물론 국가적 대의大義나 종교적 신념에 의한 자살, 때로는 예술가나 철학자들의 자살이 한 국가나 사회 구성원들의 정신적 숨통 구실을 해왔던 것 또한 부인할 수 없는 사실이다. 그러나 우리나라의 한 해 자살률이 교통 사고율을 앞지른다는 통계는 자살자의 절망을 뼈대뿐인 통계로 환원시키는 분석에 지나지 않는다. 통계만이 사회 현실을 대변한다면, 자살자들과 그들 뒤에 남겨진 잠재적 자살자들의 고통의 총량, 그 상실감과 절망감을 과연 얼마만 한 수치로 환산해낼 수 있을 것인지를 되묻지 않을 수 없다.

한 개인의 자살이 성향과 자질과 인자에 의한 것이라면, 그런 유의 잠재적 자살자들은 정신분석학자나 정신병리학자들에 의해 의학적 치료라는 회복 가능성이 열려 있을 수도 있다. 그런데 현재 하루에도 수 차례씩 전해져 오는 우리 사회의 자살은 사회적 살인이라는 혐의를 면하기 어려울 만큼 도처에 만연해 있다.

자살이 이토록 사회적 감염력이 강할 때, 시인은 문득 이 땅의 모든 우물물이 의심스럽다. 밤하늘의 저토록 총총한 별들이 신종 자살 바이러스들을 그 속에 풀어놓지 않았을까 의구심이 든다. 그것들이 목마른 사람, 구원의 손길을 내미는 사람들의 갈증을 단숨에, 너무도 단숨에 풀어주는 것은 아닐까 하고 말이다. 길을 걷다 마주치는 수많은 당신들 중 누가 그 물을 마신 사람이 아니라고 말할 수 있을까. 오늘 만난 당신이 그 병의 잠복기에 들어 있는 사람이 아니라고 말할 수 있을까.

누구나 기억처럼 왔다가 가지

아버지 산소에 배례음식 진설하고 술 한잔 담아 올리는 동안에도 산소 관리인 오씨 아저씨의 말이 귓전에 뱅뱅 맴돈다.

할아버지, 할머니, 큰아버지, 큰엄마, 아버지, 엄마 나란히 잠들어 계신, 엄청난 규모의 주검이 들어서 있는 남양주 배양리 공동묘지를 50년째 지키고 있는 관리인 오 씨 아저씨의 말인즉,

며칠 전 새벽녘에 머리를 풀어헤친 백발의 두 노인이 엷은 삼베옷 차림으로 자신들의 합장 무덤 위에 앉아 있는 모습을 보았기에 "귀신이 무덤 속에나 있을 일이지, 왜 무덤 밖에 나와 앉아 있느냐?" 물었더니 "아들이 오늘 올 것이기에 미리 마중 나와 있다" 하고서는 창졸지간에 사라지더라 한다.

아들이 바로 그날 늦은 추석 성묘 오리라는 것을 귀신처럼 알고(귀신이니까!) 기다리고 있었던 것이리라 짐작했던 내 예감의 훨씬 안쪽에 살아 팽

팽한 어떤 기미 — 관리인 오 씨 아저씨가 무덤 위의 혼백들과 맞닥뜨렸다는 새벽녘의 바로 그 시각 — 두 혼백의 아들이 오토바이를 타고 가던 중 달려오던 트럭과 맞부딪쳐 저 세상으로 갔다, 절명했다는 것이다.

아들의 죽음을 예견하고 음부陰府의 세계에서 이승과 저승의 경계지로 황황히 마중 나온 부모 귀신들, 그 혼백들과 만나 두런두런 이야기를 나누었다는 산소 관리인 오 씨 아저씨의 얘기는, 그 말을 듣고 있는 순간조차도 잠 오지 않는 밤의 침상에서 펼쳐 드는 또 한 편의 요재지이聊齋志異를 읽어나가는 듯했었다.

몇 해 전 가을 이맘때 폴란드에 잠시 머물 무렵, 폴란드에는 산중 공동묘지에 귀신이 길을 잃지 않도록 밤마다 촛불을 환하게 밝혀두는 풍습이 있다는 것을 알게 되었을 때의 눈앞이 홀연 트이는 듯한 충격과 함께

누구나 기억처럼 세상에
왔다가 가지
조금 울다 가버리지

몇 해 전 작고한 김영태 시인의 시 「과꽃」의 한 대목 쓸쓸히 바래었지만 자꾸만 떠올라온다.

샤머니즘을 돌아보며

한국 근대의 주체 회복에 대한 담론들은 그동안 민족 정체성 회복이라는 관점을 축으로 각계의 방면에서 다각도로 진행되어 왔다. 최근 일고 있는 '민족'이나 '국가'의 의미틀 자체에 대한 새로운 해석과 더불어 한국의 식민지 근대를 탈식민주의적 맥락에서 이해하고자 하는 다양한 시도들이 매우 구체화를 띤 양상으로 전개되고 있다.

미셸 푸코에 따르면, 역사는 권력이 자기 자신에 대해 말하는 역사, 권력이 자신에 대해 말하도록 남에게 시키는 역사였을 뿐이다. 탈식민주의 담론은 담론의 내용에 우선하여, 발언권을 빼앗겼던 자들이 그것을 선취한 자들과 그 권력의 부당함에 대해서 스스로 발언한다는 데에 그 첫 번째 의미가 놓일 수 있다.

한국의 식민지 근대 또한 제국주의 권력과 서구의 합리적 계몽관에 입각한 근대 지식인들이 연대하여 한 나라의 정치, 경제, 문화 전반을 단기간

내에 서구적으로 계도시키려고 한 불행한 역사를 지니고 있다. 그들은 자신들의 권력을 제도화시키는 하나의 방편으로 한 나라의 기층문화를 잠식하는 방법을 채택했고, 그것을 실현하는 방법으로 야만의 제거와 문명에로의 진입이라는 이분법을 지배의 매개 수단으로 삼았다.

최근에 와서 우리것에 대한 관심이 폭발적으로 높아지면서 샤머니즘 혹은 무속으로 대표되는 토속 신앙 전반에 대한 이해가 학문적 탐구의 대상으로 그 영역을 넓혀가고 있다. 근대 계몽기의 미개 종교로서의 획일적인 터부시와는 달리 전통 문화에 대한 관심의 연계선상에서 토착 신앙이 민속의 자장 안으로 재편되는 현상이 일어나고 있는 것이다. 이 같은 현상은 그동안 귀족 지배층의 전유물로만 생각되어 온 문화가 그 하부 구조에서 냉대 받았던 토속 신앙을 일정 부분 서민 문화의 잠재적 발현태로 인정하게 된 것이라 할 수 있다.

육당 최남선에 의하면, 샤머니즘이란 용어는 시베리아를 중심으로 스칸디나비아에 이르는 고아시아의 모든 유민과 그 남쪽의 만주, 몽고, 조선, 아이누, 유구, 일본, 그리고 몽고로부터 중앙아시아를 거쳐 동부 구라파에 이르는 우랄알타이 제 민족의 원시적 종교를 일컫는다. 무속에 관한 한국 최고의 기록은 신라 제2대 남해왕조南解王朝의 것으로 기원전 1세기 초라고 알려져 있다. 한국 무속의 역사적 근거는 청동기 시대까지 소급되기도 하는데, 무속은 민간 신앙이 한국의 종교적 기층을 이루어 왔다는 것을 실증해주는 체계화된 종교 현상, 곧 민간 층의 생활 공동체 속에서 자생하여 생활을 통해 전승되는 자연 그대로의 종교 현상임을 말해주고 있다.

일제강점기 야만 타파의 첫 번째 과녁으로 지목되었던 조선의 토착 신앙의 몇 가지 제의^{祭儀}들은 전쟁과 복구, 경제 재건, 민주화의 슬로건 아래 음성적인 형태로 지하로의 표류를 거듭해 왔다. 이러한 제의들이 타기되어 마땅할 어리석은 습관이라는 암묵적 동의 또한 많은 부분 서구 이성에 기준한 조급한 계몽적 이해를 그 바탕으로 하고 있는 것으로 보인다.

비합리적이고 천박한 타자로 냉대받았던 토착 신앙에 대한 실증적 연구들이 속속 진행되고 있으며 최근 무속 대학 설립에 관한 실질적 언표들이 잇따르고 있는 것은, 기층 문화란 빙산의 잠긴 부분처럼 그 나라의 문화 저변을 떠받치는 특징적 모습을 고루 갖추고 있기 때문이다. 서구중심주의에 동화되지 않고 자신의 시각으로 세상을 볼 것을 종용하는 독자적 시선으로서의 주체의 회복, 요컨대 우리 문화의 정체성 찾기라는 의미에서의 토착 신앙의 재구 또한 문명화된 우리 자신이 문명을 타자화하여 바라볼 수 있을 때 비로소 가능해질 것이다.

개와 사람,
비의 저 백골들

하늬바람 사흘

산골집은 흔히 적막이 대들보이고 지천의 풀과 꽃과 나무들이 서까래를 대신한다. 주춧돌과 횡보는 뭇 짐승과 새와 벌레들의 것이니 그이들과 더불지 않고서는 한 칸 다북쑥으로 이루어진 집이어도 사람의 안팎이 온전히 대지에 뿌리내릴 수 없다.

굶주린 겨울 고라니들에게는 풋것을, 청설모와 다람쥐와 새들에게는 알곡을, 정처를 찾아 헤매는 길고양이들에게는 잠자리와 사료와 비린 것을 내어주어야만 한다.

"하늬바람 사흘만 불어도 통천하를 다 분다"는 말이 뜰의 나뭇가지마다 연둣빛 귀고리로 찰랑이기 무섭게 뒤꼍의 좁장한 텃밭에선 상추와 쑥갓, 깻잎이며 고추며 치커리 등속이 익어간다. 개중의 두 고랑은 내 몫이요, 나머지 두 고랑은 고라니와 산토끼와 두더지들의 몫. 인적기 없는 기우뚱한 낡은 정자는 내 집에 터 잡은 길고양이들의 맞춤한 놀이터가 되었다.

마음이며 생활이 곤궁하여도 저이들과 더불어 살아가는 일만치 풍요로운 일 다시 없겠으니, 심심풀이 삼아 손가락셈을 해보아도 빚이 쌓이는 것은 아무려면 내 쪽이 아닐 수는 없을 터이다.

고양이와 함께하기 좋은 밤

열두 마리 고양이와 함께 산다. 길고양이 삼대다. 뒤꼍 툇마루와 거기 잇댄 데크가 저 아이들의 주 거처인데, 낮밤 없이 무시로 실내로 쳐들어오니 집의 안팎이 쉴 새 없이 복작대고 덜컹거린다.

태어난 지 갓 두 달 된 여섯 마리 새끼들 중 네 마리가 보이지 않은 지 한 달째, 씩씩하게 버텨준 두 마리 어린 것들에게 오늘 오디와 버찌라고 이름 붙여주었다.

머리끝부터 발끝까지 전신이 먹물처럼 새카만 오디와 깨물어주고 싶게 호동그라니 눈매가 어여쁜 버찌를 지켜보는 것만으로도 내 속의 무간지옥이 견딜 만해진다. 속진의 때 얼마간 씻겨나가는 것 같기도 하다.

이 글을 쓰는 바로 내 옆에 오종종 모여들 앉아 쉼 없이 갸르릉거리는 저 종주먹만 한 생명체라니! 사람의 날숨 들숨과 짐승의 들숨 날숨이 오명가명 한 우주를 넘나드는 일이 얼마나 수수롭고 보배로운지를 재우쳐 실감하는 밤이다.

사랑이라는 의무

지난겨울 강아지 몽이 급성백혈병으로 무지개다리를 건너고 나니 집 안팎이 온통 길냥이들 천국이 되었다.

최근 암냥이 모모가 뒤뜰 박스 안에다 네 마리의 새끼들을 또 낳았으니 집의 안팎으로 둥지 튼 고양이들은 이제 열 마리를 넘어섰고, 매일같이 산보 나가는 물골안 구운천변의 길냥이들이 열서너 마리, 거기에다 석 달 전 건강원 쇠철망에서 탈출한 가엾은 개 수동이까지 합하면 내 손에서 떨어질 한 덩이 밥을 기다리는 넌출넌출한 입들이 어느새 스물을 넘어서고 있다.

저 여린 생명들이 나를 기다리고 있다고 생각하면 갈바람에 어리버리 휘둘리는 생각들, 살 이유가 뭘까를 하루같이 궁리하는 나도 세상에 존재해야 할 이유가 대번에 찾아지는 것!

해결의 실마리가 좀체 보이지 않는 근심걱정이며 호구지책의 잡다한 일들로 무거울 대로 무거워진 천 근 같은 엉덩이가 나비 날개마냥 절로 떠들썩해지는 것은 분명코 내 심장에 곧바로 전해져오는 간절한 저 아이들의 기다림 때문이리라.

알베르트 자코메티도 "불타는 건물에서 나는 렘브란트 작품보다 고양이를 먼저 구할 것"이라고 했다니 엄마의 삼우제 지내고부터 운신조차 힘들던 몸에 활기가 되살아나기 시작한 것도 저 아이들의 애타는 기다림 때문이러니,

이제는 관성이 되었다 해도 생명을 향한 사랑이며 무한한 의무감이 넘어진 사람을 바로 그 넘어진 자리에서 일으켜 세우는 힘 아니고 무엇이랴.

노래의 중성화시술

지난해 천변에서 구조해 와 가족이 된 아기 고양이 '노래'가 어제 중성화시술을 했다. 유전하는 아픈 삶의 되물림을 막아주자는 의미였지만 지켜보는 마음이 내내 아프고 쓰라린 날이다. 시市에서 제공하는 중성화 무료시술TNR을 할 수도 있었지만 뒤탈이 염려돼 집에서 멀지 않은 동물대학병원에서 시술을 시켰다. 마취에서 깨어난 아이가 몇 차례 앓는 소리를 내다가 감사의 의미인 듯 저를 안고 있는 내 품에서 연신 '고양이 안마'를 하고 있는 모습이 어찌나 짠하던지…….

오늘은 내 집에 둥지 튼 길고양이 '오디'를 중성화시키려 동물병원으로 데리고 간다. 길고양이들 사료비와 아이들 병원비가 내 일년치 원고료를 훨씬 상회하는 액수이지만 그 돈이 조금도 아깝지 않은 까닭이란 보잘것 없이 작은 나의 시작詩作이며 그 노고의 헐한 환산값보다 저 아이들의 봄풀처럼 맹렬하고 싱싱한 생명력이 셈할 필요조차 없이 훌쩍 무한정 넘어서기 때문이리라.

고양이 겨울나기 준비

집 안팎에 기거하는 고양이들 숫자가 오늘로 열두 마리가 되었다. 어미냥 모모가 보름 전 네 마리 아깽이들을 낳았기 때문이다. 개중 어린냥 콩과 오디와 버찌는 낮 동안은 주로 마당이나 데크에서 지내다가 해질 무렵부터는 집안으로 들어와 온 집안을 한바탕 헤집어놓은 후 2층의 거실 책상 의자 방석 위나 책꽂이의 책들 사이 틈을 벌려서는 그 속에 들어가 웅크려 자는 것이다.

그동안은 세찬 바람 몰려 닥치기 전 데크 아래 창고와 툇마루 두 곳에 각각 서너 개의 박스를 놓고 엄마의 겨울외투들을 둘러 추위를 피하게 했지만 냥이들이 연이어 폐렴에 걸리기도 해서 그 아이들이 언제든 마음껏 실내외를 넘나들 수 있도록 오늘 2층 베란다 창문 아래 나무를 덧대고 잘라서 아예 비상 통로를 만들어 주었다.

통로를 만든 김에 단골로 가는 애견마트에서 캣타워를 사서 설치해주었더니 아이들이 어찌나 좋아라 하는지 지켜보는 것만으로도 입가에 절로 함박웃음이 배어든다. 사람의 한 생애에서 구가할 수 있는 기쁨의 총량이 저절로 주어지는 것이 아님을 저 아이들로부터 배우고 또 만끽하고 있는 중이다.

산골집 새해 선물

/

새벽에 물 한잔 마시려고 계단참을 내려서다가 깜짝 놀랐다. 어둑신한 1층 거실의 카펫 위에 작디작은 죽은 쥐 한 마리가 오도카니 놓여 있는 게 아닌가.

솜씨를 보아하니 지난해 봄 태어난 털빛이 온통 새까맣고 초록색 아몬드 모양의 눈동자를 가진 고양이 오디의 짓임에 틀림없다. 때때로 현관문 앞에 쥐를 잡아다 놓기는 했지만 거실까지 들여다 놓기는 처음으로, 한겨울이라 현관문, 뒷문이 온통 닫혀 있으니 지난 가을 2층 베란다 유리문 아래 만들어 준 고양이 통로로 물고 들어온 것이리라.

내 집에 깃든 길고양이들 중 콩과 오디와 버찌는 고양이 통로를 무시로 넘나들며 야생의 세계와 문명의 안온함을 동시에 즐기는 녀석들로, 겨울로 접어들면서부터는 캣타워나 책상 의자 위에서들 자며 하루 중 대부분의 시간을 실내에 머무는데 오디는 개중 음전하며 붙임성 좋고 재바르며 지난해 구운천변에서 구조한 막내 고양이 노래를 가장 잘 돌보는 아이다.

어젯밤 그리도 좋아하는 추르와 멸치를 양껏 먹이고 빠져나가려는 녀석의 꼬리를 잡고 붙안아 털을 빗겨주었더니 눈을 지그시 감고 좋아라 하면서 한참을 갸르릉거리더니 그 감사한 마음을 기어코 쥐 선물로 보답한 것이리라.

놀란 마음은 잠시, 저 아이가 집의 구석진 곳이나 집 뒤 골짜기 어딘가에서 쥐를 물고 마당을 가로질러 홈통을 타고 지붕에 올라 고양이 통로를 통해 실내로 들어온 뒤, 2층에서 다시 계단을 거쳐 아래층 거실까지 쥐를 물고 내려왔을 그 험로를 떠올리자니 아연 가슴이 뭉클해진다. 내가 얼마나 좋아할까, 하는 그 마음 하나로 가쁜 숨을 참고 또 참으면서 동분서주했을 녀석의 노고가 어떠했을지를 생각하니 놀란 중에도 이만치나 큰 마음의 선물이 또 어디 있으랴 싶다.

이백 년 전에 쥐고기를 끊은 것이 못내 아쉽기는 해도 설 떡국에 고기 안 넣고 차례상에 육고기 안 올린 걸 어찌 알고 우리집 빈한한 살림 걱정까지 도맡아 하는 영특하기 이를 데 없는 녀석인지라 김영란법에도 저촉 안 될 약사유리광여래 새끼손가락만 한 크기의 작디작은 쥐를……

비행 오류 참사

주방에서 커피 한잔 내리고 있는데 지축을 흔드는 소리가 난다. 지진인가? 혹여 2층 캣타워에서 놀던 고양이들에게 무슨 일이 일어났나? 2층으로 부리나케 뛰어올라 가 봤더니 고양이들은 잠잠하다.

베란다 문을 열고 데크로 나가니 새 한 마리가 바들바들 떨고 있다. 꿩이다. 눈꺼풀을 두어 번 깜빡거리더니 이내 요동을 멈춘다. 뒤따라 나온 고양이 노래가 무슨 일인가 하고 새 주위를 맴돈다.

식구들 나가고 혼자서 요령부득, 혹여라도 고양이들이 새의 사체를 건드리지나 않을까 싶어 노래를 안고 들어온 뒤 두꺼운 책들로 고양이 통로부터 막았다.

비행 오류로 유리창에 부딪고 떨어지는 작은 새들은 종종 있어 왔다. 이 주검을 당장 어찌할 것인가. 가슴의 동계가 쉬이 멎지 않는다.

바보의 봄, 미친 봄을 애도하는 노래

십 년 가까이 한 지붕 아래 식구로 모여 살았던 내 집 고양이들이 모두 죽었다. 향기와 열매와 까뮈는 오래 전 떠났지만, 무무와 모모, 콩과 제제가 차례로 산자락 속으로 사라지더니 종내는 버찌가 대문간 뽕나무 짙은 그늘 아래서 차디찬 주검으로 발견되었다. 얼마 전 아깽이 여섯을 출산한 버찌가 고양이별로 떠났으니 이 죽음은 너무도 서러운 이별, 한꺼번에 일곱 생명을 앗아간 더할 바 없이 아프고도 참혹한 죽음이 아닌가.

집 안팎을 자재로이 드나들라 뚫어놓은 고양이 통로에 엎드린 채 몸을 가누지 못하던 오디, 영민하고 착하기 그지없어 내가 가장 귀애했던 검은 고양이 오디는 연속적인 치료로 잠시잠깐 차도를 보이는 듯했지만 끝내 수차례 혈변을 쏟더니 안방의 주인 없는 엄마 장롱 아래 틈서리에서 뻣뻣이 굳은, 사후경직된 상태로 발견되었다.

그 지역의 고양이 씨를 말려버린다는 고양이 전염병 범백은 이른바 고양이 홍역으로 불리며 파보 바이러스에 의해 감염되는 범백혈구감소증.
치사율 80%. 아이들을 번갈아 안고 하루에도 몇 번씩 동물병원으로 뛰어
다니며 수액과 정맥 주사와 항생제를 투여해도 소생의 기미는 없었으니
이제는 그 죽음의 이름과 순서와 날짜마저 쉬이 헤아려지지 않는다.

지난가을 태풍 전야의 천변에서 구조해 온 꼬리 부러진 아기고양이 노
래만이 용케 살아남았지만 보균 상태, 잠복기 끝나기 무섭게 발병하면 저
아이마저 떠나보내야 할지도 모르는 일이어서 바보의 봄, 미친 봄을 애도하
는 노래를 품에 안고 시도 때도 없이 운다. 어
금니에서 피가 쏟고 시퍼런 입술이 바짝바짝
타들어가는 나날들이다.

풍요로워라, 이 추석

집의 안팎을 가득 채우던 고양이 식구들이 때 아닌 역병으로 연이어 목숨을 잃은 지 석 달여 만에 배고픈 길고양이들이 하나 둘 모여들더니 어느 사이 흑묘 다섯, 백묘 둘, 어린아이 종주먹만 한 일곱 마리 아기냥들이 이 꽃나무 가지 뒤에서 꼬물거리고 저 꽃나무 줄기 위에서 윤슬처럼 반짝이며 넘실거린다. 여름내 잡풀 웃자란 산골집 마당의 남루가 새 생명의 도래로 또다시 풍요롭다, 시끌벅적해졌다. 잠시 머물다 이윽고 떠난 자리, 처음부터 비어있던 그 자리에 풀씨 하나 흘러와 장하게 꽃 피웠구나. 너희에게나 나에게나 풍요로운 삶 넉넉한 명절이 별거겠는가. 내 설움의 안팎을 비우고 채우는 저 생명들에게 오늘은 추석빔으로 추르나 한가득 선물해야겠다.

마리가 왔어요!

고양이들은 아름답고 민활하며 자의식이 강하고 자신감이 넘친다. 고양이와 함께 지내다 보면 '고양이과 동물이 진화의 정점'이라는 데 달리 이견異見을 붙일 이유가 없다.

집의 앞과 뒤 데크에 둥지를 튼 길고양이 세 가족의 물과 먹이를 내주는 일로부터 나의 아침은 시작된다. 지난봄 고양이 전염병 범백에 감염돼 오디와 버찌, 무무와 모모, 콩, 제제 일가족이 모두 고양이별로 떠나고 새로이 내 집을 자신들의 터로 삼은 고양이 일가가 늦가을에 새끼들을 낳고 또 낳았으니 지금은 그 수를 짐작하기가 어려운 터에 사흘 전에는 고양이 '마리'가 왔다.

지난해 구운천변에서 구조해 온 아기냥 노래가 천우신조로 범백에 감염되지 않아 집 안팎을 넘나들던 동무들을 잃고 외롭게 지내던 터라 마리와 친구가 되기에 맞춤하지 싶었는데, 아직 서로들 데면데면 경계의 틈을 늦

추지 않아 마리는 앞으로도 얼마간은 2층의 한 켠에 독립 공간을 마련해두어야 할 성싶다.

　마리는 피붙이보다 내 마음에 가까이 두고 있는 B언니가 기르던 고양이로, 그이가 몇 해 전 암수술을 받고 회복 중이어서 마리를 돌보기 힘들기도 하려니와 그이의 손녀가 고양이 알레르기가 심한 까닭도 있어 내가 기꺼이 즐겨 거두었지만 이별의 아픔과 존재의 허망함을 그 눈에 모두 담고 있는 듯한 마리는 가까이 바라보고 있는 것만으로도 마음이 애잔하고 아스라해진다.

　마리와 함께 네 번째 시집 『불멸의 샘이 여기 있다』 5쇄본이 집으로 왔다. 1988년 첫시집 『물 속의 아틀라스』 간행을 시작으로 지금까지 다섯 권의 시집을 내었고 그 시집들 대부분이 절판된 지금 요행히도 4시집이 5쇄에 이르렀다니 잔잔한 기쁨과 함께 만감이 교차하는데, 벌써 여러 해째 거두고 있는 천변의 길고양이들까지 합해 몇 푼 안 되는 원고료를 다 들이고도 빠듯한 사료비와 약값에 작으나마 인세가 보태지니 가난한 서생의 품값으로야 이만하면 천만다행한 일 아니겠는가 싶기도 하다.

나의 아름다운 고양이 오드아이

3·1절 기념식 보고 모처럼 낮에 천변 길 걷는다. 대기는 뿌옇고 초록은 아직 기미도 안 보이지만 뺨에 부딪는 바람결은 한결 부드럽기만 하다.

집에서 천변에 이르는 5킬로미터 남짓한 길은 인도가 없어서 승용차로 가야만 하고, 천변 옆 마트 주차장에 주차한 뒤 천변 길 5킬로미터를 혹은 천천히, 혹은 빠르게 한두 차례 걷는 일이 내 하루 일과 중 여일한 숨 트기 시간이기도 하다.

천변 길 걷는 동안 때때로 나와 동반하는 아이가 고양이다. 지난해 봄부터 살금살금 내 뒤를 따르는 이 녀석에게는 실은 얼마 전까지만 해도 네 마리 형제 고양이들이 더 있었다. 겨울을 넘기는 동안 한 마리, 두 마리씩 안 보이더니 이제는 저 아이 하나밖에 남지 않았다.

세 계절을 넘기는 동안 저 아이와 동행한 시간이 짧지 않은데, 오늘 자세히 보아하니 아이의 눈동자 색깔이 한 쪽은 푸른색, 한 쪽은 초록색으로

짝짝이다. 놀랍기도 하고, 저 기형이 짠하기도 해서 쓸어 달라 납작 엎드리는 저 아이의 눈동자 속에 고인 하늘빛을 오래오래 들여다보았다.

　일본에는 노숙자들이 길고양이들을 가족처럼 돌보는 '오사카 니시나리'라는 마을이 있다고 한다. 작가 히가시노 게이고는 자신이 기르는 고양이 네코를 "가족이자 나를 비추는 거울이며 교사이기도 한 위대한 존재"라고

했다. 고대 이집트인들은 고양이를 신성히 여겨 신전을 마련하는가 하면 고양이를 죽인 이는 사형에 처했다는 기록도 보인다.

　고양이의 행동에 따라 날씨를 짐작하기도 했다는데, 고양이가 신경질을 부리면 바람이 불고, 발톱으로 땅을 긁으면 폭풍이 올 징조이며, 그르릉거리는 소리를 내면 날씨가 좋다고 한다. 더욱이 고양이는 정전기의 양과 자기장을 감지하는 특별한 능력이 있단다. 뇌우, 폭풍, 지진, 화산 폭발 등의 천재지변을 예감해서 이상 행동을 보이는 것인데,

예로부터 고양이를 두고 영물靈物이라고 하는 까닭이며 고양이를 소중히 다루지 않으면 불행을 당하게 된다는 것도 단순히 흘려들을 이야기만은 아닌 것 같다.

　지난해 여름 낙산사에 갔다가 홍련암 이르는 길의 소나무 언덕에서 발정기 울음을 우는 수고양이들에게 마구잡이로 돌멩이를 던지는 이에게 제정신이냐, 당신 같은 마음으로 절집에 머무는 까닭이 무어냐고 소리를 지른 적이 있다. '생명에는 위아래가 없으며 저 울음소리 또한 자연의 이치이니 거두지 못하면 내치지나 말라!' 고.

초롱이 생각

별일 없으면 절에 와서 비빔밥이나 먹고 가라시는 지원 스님의 전화를 받고 어스름녘에 견성암에 올랐다.

참나물, 취나물, 비름나물, 도라지, 깻잎나물에 밥 한 덩이 얹고 고추장, 참기름에 버무려 한 술 뜨는데 며칠 앓았던 신열이 일시에 풀리려나 싶게 한 대접 가득한 나물밥이 술술 단숨에 넘어간다.

여름꽃들 꽃빛 쇠어가는 절 마당에는 열네 마리의 길고양이들 저녁 공양이 한창인데 열여덟 해 동안의 무장한 세월을 살며 절집을 지켜 온 초롱이,

요사채 툇마루에 앉아있다 방문객이 들 때면 부지간^{不知間}에 앞발을 모으고 머리 조아리기에 내가 '성불견^{成佛犬}'이라 이름 붙인 초롱이는 초저녁부터 잠자리에 들었는지 보이지 않는다.

아아 개소주

집 옆 계곡의 불어난 물소리가 폭포소리와도 같다. 산골집 데크에서 빗소리, 물소리 베고 잠든 고양이들을 오래 바라본다. 언제부턴가 내 집에 깃든 길고양이들이 편안해야 불안한 마음, 성난 마음이 가라앉곤 했었다.

저녁 무렵 폭우를 뚫고 농협마트 주차장의 떠돌이개 '수동이'에게 밥 주러 갔으나 만날 수 없었다. 주차장에 접한 빌라에 사는 한 할머니가 다가와 저 개는 두 달 전 마트 주차장에 밤새 세워둔 건강원 트럭의 쇠철망을 뚫고 도망친 어린 강아지이며, 건강원 주인이 몇 번씩이나 찾으러 왔지만 잡을 수 없어 포기하고 돌아갔다며 동물보호센터지에 연락해서 잡아가라고 하라며 쯧쯧 혀를 찼다. 내 입에선 아아 개소주… 라는 말만 경악처럼 터져 나왔다.

어제는 지자체에서 세금으로 운영되는 유기동물보호센터에서 누군가 신고한 어린 유기견을 포획해서는, 단지 열이 난다는 이유로 치료는커녕 산 채로 냉동고에 오랜 시간 집어넣어 죽음에 이르게 했다는 기사를 보았다.

오늘은, 보호센터 직원들 몇몇이 안락사 주사약에 비해 그 값이 헐한 혈관주사제를 포획해 온 유기견에게 투입하고 죽어가는 생명의 몸부림을 지켜보며 몇 시간 만에 숨통이 끊어지는가 내기를 했다는, 온몸이 벌벌벌 떨리고 입이 다물어지지 않는 기사를 읽고야 말았다.

개소주가 되지 않기 위해 죽을힘을 다해 쇠철망을 뚫었을 어린 개의 안간힘, 그 처절한 고통이 어느새 내 것인 양 따라붙는다. 폭포처럼 쏟아붓는 빗줄기에 인간의 그것과 똑같은 붉은 핏자국이, 단말마의 비명소리가 자욱이 묻어나는 것만 같다.

집중호우에 아랑곳없이 고양이 콩과 오디와 버찌는 잠들어 있다. 저 아이들의 뒤척임, 저 아이들의 쌔근거리는 숨소리가 참기 힘든 슬픔과 분노를 간신히 가라앉히고 있다.

어찌해야 하나

물골안 천변으로 산보 갈 때마다 승용차를 주차시켜놓는 마트 주차장에 오래 전부터 눈에 띄는 떠돌이 개가 한 마리 있다. 몸놀림이 재바르고 민활한 녀석이 주차장 바닥을 핥고 있는 것을 보고 천변의 길냥이들 지나는 길목에 놓아주는 고양이 사료를 두어 번 내준 적이 있었다.

오늘 저녁답에 보니 다리를 심하게 절뚝거리는 모습이 심상치 않아 가까이 다가가 보려고 했지만 도무지 곁을 주지 않는다. 급한 대로 고양이 사료를 내어주고는 마트로 뛰어가서 소고기 캔과 물을 사서 담아 주고 멀찍이 서서 지켜보았더니 주저앉아서 먹다가 일어서서 먹다가 다시 주저앉고는 한다.

당장이라도 치료가 급할 터인데 내일 날 밝는 대로 동물보호센터에 연락을 해야 하나. 그쪽으로 연락을 넣는다면, 저 정도 상태이면 포획은 어렵지 않겠으나 열흘 내로 입양자가 없으면 안락사를 시킨다고 하지 않나.

삼십 분 정도 녀석을 지켜보다 천변을 한 바퀴 걸어 돌아와 보니 녀석은 주저앉아 있는 모습 그대로 꿈쩍 않고 있는데 하염없는 눈빛이 나를 뒤따르는 기척이다. 7년 동안 품에 담았던 강아지를 잃은 지 얼마 되지 않아 이제 어떤 개도 마음에 거두지 않겠노라 스스로 다짐했던 터이고, 집의 안팎으로 뛰노는 열댓 마리 길냥이들이 내 손만 바라보고 있는데 저 녀석을 어찌해야 하나…….

개와 사람, 비의 저 백골들

저녁내 수동에 있었다. 그리 사납지는 않은 빗줄기여서 손에 든 우산을 펼치지 않은 채 오는 비를 다 맞았더니 몸은 젖어도 마음은 한결 가뿐해졌다.

실은 오늘 저녁이 남양주 수동면의 한 식료품마트 주차장에 유기된 개 수동이를 구조하는 날이었기에 아침부터 마음이 온통 거기로 가 있었다. 로드 킬. 수없이 많은 짐승들이 단지 먹이와 불빛을 향해 가다가 그 길 위에서 죽음을 맞는 로드 킬road kill. 몸을 말리려고 도로로 나왔다가 죽은 수십 마리의 고라니들, 두꺼비들, 유혈목이

들. 섬진강변 삼십 킬로미터 도로에서 두꺼비 천 여 마리가 로드 킬을 당한 것을 목격한 이도 있었다니 삶의 벌어진 목구멍 속에는 얼마나 많은 무수한 로드 킬이 있어 왔겠나!

구조를 위해 멀리서부터 사람이 왔고 그분보다 먼저 내가 도착할 때까지만 해도 나를 기다리고 있던 녀석이 눈 깜짝할 사이 자취를 감추어버렸다. 놀랍게도, 아무리 기다려도 나타나지 않던 녀석이 저를 구조/포획하러 온 사람이 떠나기 무섭게 다시 나타났다.

녀석이 갈망하는 것은 비록 마트의 주차장 바닥이라 하더라도 스스로의 의지로 보행 가능한 신체의 온전한 자유가 아니었을까. 나는 녀석을 위해 매달 적지 않은 돈이나마 보호센터에 지불할 각오가 되어 있었지만 녀석은 끝내 그 길을 거부했음에 틀림없어 보였다. 동물보호센터의 녹슨 쇠 철망에 갇혀 남은 생을 보내기에는 아픔을 견딘 나날들이, 야생의 세월이 너무 길었으리라.

가지고 간 사료와 물을 그릇에 부어주고 먹는 것을 지켜보고 일정 거리 간격으로 나를 따르는 녀석과 주차장을 몇 바퀴 산책하고 내일 또 오마, 손을 흔들고는 집으로 왔다.

생물종生物種으로 분류되기 이전 우리가 누구이든 이 저문 세상에 태어나 이 저문 세상을 헤매 다니는 매 순간, 순간들이 휘몰아치는 비의 저 백골들만큼이나 때로 낯설고 때로 쓸쓸하며 때로 하염없이 서럽지 아니하겠나 하는 생각이 든다.

사람이 무엇이냐고? ······ 이게 인간이다. 열어젖혀지고 훼손된 무덤 앞에서 생몰의 연대와 행적을 담은 지석誌石과 함께 남은, 두 눈에 흙을 담고 누운 백골들을 가리키며 할아버지는 말했었다. 삶을 사는 것과 삶을 아는 것의 차이는 무엇일까.

— 오정희, 『불꽃놀이』 중에서

· 영화촬영으로 바쁜 와중에도 수동이의 구조를 위해 몇날 며칠 동안이나 여러 정성을 기울여주신 임순례 감독님에게 깊이 감사드린다.

책으로 세운
청춘의 기념비

문학을 통해

여러 해 전 원주 토지문화관에 서너 달 머물렀을 때는 내 글을 쓰기보다 일상사에 갇혀 놓쳤던 책들을 더 많이 읽었던 날들이었다.

당시 읽었던 대부분의 책들이 그곳의 도서관에서 빌려온 책들이어서 함부로 밑줄을 그을 수도 없었으니 부지런히 옮겨 적을 수밖에 없는 노릇.

그때 옮겨 적은 문장들이 노트에 가득한데 지금도 그 글들을 들여다보고 있으면 비 그친 먼 산 띄워오듯 희부윰하던 눈앞이 대번에 맑아지는 듯하니 필사의 기쁨이란 능히 이런 데 있는 것이라 말하고 싶어지는 것이다.

우리는 주변부에서, 시골에서, 외곽에서 분노하거나 슬픔에 싸여 있기 때문에 책상 앞에 앉는다. 그러나 결국에는 문학을 통해 그 슬픔과 분노 너머의 다른 세계에 도달하게 된다.

그때로부터 참으로 오랜 동안 내 책상머리에는 오르한 파묵의 저 문장이 붙어 있었으니, 누렇게 색 바랜 저 종잇장을 이제는 떼어내고 침전의 시간들 속 그나마 맑게 떠오른 몇 점의 부유물 / 나의 시편詩篇들을 그 자리에 턱 하니(!) 붙여놓아도 될 때가 온 것이 아닌가 짐짓 궁리 중이다.

책상을 줄 수야 없으니까

우여곡절 끝에 한 이사였다. 이삿짐 보따리를 싸들고 지상의 작은 방한 칸을 위해 동분서주하기란 몸이 우선 고되지만 그렇다고 새로운 공간에 대한 기대감이 없을 수야 없다. 그 공간을 좀 더 능동적인 사색의 동선으로 활용하고자 이번 참에는 두 눈 질끈 감고 스무일곱 상자나 되는 책을 버렸다.

이삿짐 견적 내러 온 직원이 이백 박스가 넘게 나온다며 혀를 내두르던 내 집 서가의 책은 전공이 미술인 식구의 책을 포함해서 우리집 세간의 90%를 차지해 왔다. 옷장은 들여다 놓을 엄두도 못 냄은 물론이려니와 결혼할 때 구입한 것이라곤 흔히 말하는 내자로 만든 소파 하나와 이부자리가 전부였다. 소위 글쟁이로 공식적인 직함(?)을 얻고 네 권의 시집을 꾸려낸 책상도 실은 나와 절친했던 중학교 동창인 내 친구 은순이의 언니 것이다.

그 언니 남편이 사우디로 돈 벌러 가면서 방을 줄인다며 내게 임시로 맡겨 놓았던 책상. 물론 그 언니는 남편이 돌아오고 난 후에도 내가 5년 동안이나 사용했던 그 책상을 찾아가지는 않았다. 언니의 남편이 돌아오면 책상을 도로 달라고 할까 봐 늘 마음이 조마조마했던 그 책상을 친구 언니가 내게 가지라고 했을 때 그 순간의 기분을 말로 설명할 수 있을까. 언니의 남편이 되도록 천천히 오기만을 바랐던 내 마음이 눈치라도 채일까 봐 친구 은순이를 대하기조차 여간 쑥스럽지 않았었는데…….

"우리 신랑이 돈 많이 벌어 왔으니 나는 새로 사면 돼. 그 책상은 이제 니꺼야. 부디 좋은 글 많이 써라!"라고 그 언니, 은희언니가 말했을 때 나는 언니의 눈을 똑바로 쳐다보기가 참으로 민망했었다. 책상 한 칸 장만하기조차 어려웠던 그 시절의 우리집 살림이 원망스러웠다기보다 아마도 당시의 나는 글쓰기만이 오로지 내 생의 존재 이유라고 믿고 있었기 때문이었을 것이다.

내 방으로 돌아와서야 책상 위에 엎드려 울며 마음속의 납덩이가 단숨에 녹아내리는 듯한 그 서러운 기쁨을 '이 책상' 위에서 좋은 글 써내는 것으로 갚으려고 마음먹었었다.

나는 25년이 지난 지금에도 그 책상을 버리지는 못했다. 이번 이사에서 마침내 처음부터 내 것인 진짜 내 책상을 구입했는데도 그 책상을 저

버릴 수야 없었다. 그 대신 내게 소용이 덜 미치는 책들을 버리기로 과감히 마음먹은 것이다. 책들을 차례로 책장에서 뽑아내고 외면하듯 종이상자에 던져 넣기를 수십 상자.

그러나 내가 아직껏 글쓰기로 밥 먹듯 밤을 지새우는 사람이어선가. 책을 쓴 저자들, 잡지를 만들기 위해 밤잠을 설친 이들을 생각하면 오래 묵어 너덜거리는 책 한 권 버릴 때조차도 손끝이 떨리지 않을 수야 없다. 무엇보다 먹고 입는 것 줄여가며 한 권 두 권 얼마나 살뜰하게 장만한 책들인가. 책 꾸러미를 아직 수습하지도 못한 채 이 글을 쓰는 방은 흔히 베란다방으로 불리는 방이다.

경기도 남양주의 내 방 창밖으로는 북부간선도로가 지나고 북한산 자락이 가물거리는 꿈처럼 솟아있다. 비닐하우스, 버스 종점, 분리수거 하치장, 고물상, 꼬리를 물고 달리는 자동차들 위로 일만 평도 훌쩍 넘을 듯한 봄하늘이 주단처럼 펼쳐진 이 방의 전망 좋은 베란다에 나는 내 글쓰기의 25년 길동무를 잘 모셔놓았다.

"이 방에서는 정말 좋은 글이 써지겠네요" 하는 도배아저씨의 덕담에도, 3만 5,000원짜리 비데를 달러 오신 아저씨의 "전망 죽이네, 시상이 절로 떠오르겠습니다" 하는 소리에도 흥이 달아 먼지 소복이 쌓인 내 시집 두 권씩을 공짜로 안겨주었다. 책상을 줄 수야 없으니까!

봄의 기미

산에 이웃해 살고 있는 사람이면 누구나 그렇듯이 바라보는 시간대에 따라, 그날의 일기日氣에 따라, 그때 그때의 마음 상태에 따라 천변만화하는 것이 산이라는 것을 알게 된다.

산자락 아래서 성장기를 보낸 나 또한 산의 그 커다란 그늘에 안기어 보이지 않는 사이 손톱 발톱 자라듯 마음의 눈금이며 조바심이며를 키워나갔을 것이다.

지방도시에서 운수업을 하던 아버지가 사업에 실패 후 가족들이 모두 서울의 변두리로 옮겨 앉게 되었을 때, 나는 혼자 고향의 외가에 맡겨졌다가 2학기가 시작될 무렵에서야 산 아래 오종종 머리를 맞댄 가족들과 어렵사리 합류할 수 있었다.

머지 않아 중학교에 입학해야 하는 상태라 전학수속이 어려운 탓이라고는 했지만, 나만 버려두고 떠난 부모님이 야속하기도 하고 언제쯤이나 나를 데리러 올 것인지 하루하루의 기다림이 간절하기만 했다.

더욱이 그 무렵 새로 장가드신 외할아버지의 아내, 그러니까 내 아버지 또래의 젊은 외할머니는 나를 눈엣가시처럼 여겼으니, 나는 전날 저녁 싸놓은 차가운 도시락을 책가방에 넣고 아침밥을 굶은 상태로 새벽길을 한 시간 이상 걸어 통학해야만 했었다.

나만 떼어놓았다는 설움은 부모님 곁으로 온 이후에도 쉽사리 가셔지지 않아 작은 꾸지람에도 눈물이 울컥울컥 솟구치곤 했다. 울지 말자고 대문간에 서서 올려다 본 산봉우리에 내 마음의 터진 상처자국처럼 새빨갛게 펼쳐진 노을이 서럽게도 아름다워서 펑펑 소리 내어 울었던 날들도 많았던 것 같다.

봄이 막 시작되려고 할 때면 별일이 없는데도 걷잡을 수 없이 코피가 터지곤 한다. 만상이 움트는 신열의 굽이마다 높은 나무들이 뿌리에서 가지 끝으로 흘려 보내는 쟁쟁한 물소리가 들리는 것만 같다.

책으로 세운 청춘의 기념비

　수업이 끝나고 집으로 가는 발걸음은 내내 무거웠다. 빚보증을 잘못 선 아버지는 그예 화병火病으로 쓰러지셨고 장롱이며 문갑이며 내 책상과 책장에까지 온통 붉은 압류딱지들이 붙어 있는 암울한 날들이었다.

　예비고사를 얼마 남겨두지 않은 입시생인 나는 늦도록 교실 한 구석에 남아 『수학의 정석』이니 『성문종합영어』 대신 『말테의 수기』, 『인간의 굴레』, 『마의 산』, 『황야의 이리』 속으로 파고들었다. 어찌해 볼 도리 없이 좌절된 꿈이나 미래에 대한 막연한 동경보다도 책/문학의 세계는 내 영혼의 비상을 위해 마련된 마지막 극약처방처럼 혈관 속으로 뜨겁고도 세차게 빨려들어 왔던 것이다.

　그 당시 미션 계통의 우리 학교 교목실에는 전교생이 한 권씩 책을 내어서 마련한 '작은 도서관'이 있었는데, 책 대출을 담당했던 전도사 선생님이 "이제 더 이상 네게 빌려줄 책이 없구나!" 하실 정도로 밤을 새 가며 책을 읽었던 때가 바로 그 시절이었다.

그래서였던가. 현실적으로는 내일을 기약하기 어려울 정도로 막막한 생활고와 아버지의 와병으로 인한 집안의 침울한 공기는 책 속의 작중 인물이 타개해나가야 할 열악한 환경 정도로 순화되면서 견딜만 한 관념 속 세상의 채도로 서서히 표백돼 갔던 듯도 하다.

스무 해도 더 지난 지금까지 문득문득 예각의 통증으로 가슴을 후비는, 존재 전부를 차압해버릴 것만 같았던 그 에나멜 책상의 붉은 압류딱지 위로 '정가 500원. 1972년 대하출판사, 헤르만 헷세 지음'이라 인쇄된 붉은 표지의 『데미안』을 올려놓고 눈에서 불이 철철 쏟아질 것 같은 격렬함으로 책의 마지막 페이지를 덮고 나왔을 때 그 새벽의 겨울하늘에서 새하얀 붕대처럼 풀려나오던 눈발, 내 온몸을 삽시에 휘감으며 덮쳐오던 그날 그 눈보라의 기억은 지금 돌이켜보아도 가슴 벅찬 희열의 순간이 아닐 수 없다.

그랬다. 나는 그 책의 한 구절, 한 구절을 마치도 밀랍인형의 뱃속인 양 파고 들어가 내 운명이 확연하게 새로운 모습으로 나를 향해 달려올 어떤 순간을 기다렸었다. 그 오랜 기다림의 한쪽켠에는 또 하나의 붉고 싱싱한 혓바닥이 매달려 있어 언제까지고 내 귓속에 대고 저 구절들을 읊어주고 있었던 것이다.

새는 알을 깨고 나온다. 알은 세계다. 태어나려는 자는 한 세계를 파괴해야
만 한다. 새는 신에게로 날아간다. 그 신의 이름은 아프락사스다.

그 당시 우리집은 서울 변두리의 한 버스 종점 가까이 있었는데 종점
에서 종점을 오가는 시내버스는 내게는 쾌적하기까지 한 맞춤한 이동 독
서실이 되어주었다. 일요일이나 방학 때면 책 읽자고 멀고 먼 학교에까지
가기도 뭣하고, 가까이 도서관이나 독서실도 없을 뿐더러 집에서는 독서
에 집중이 안 되고, 그러니 자연스럽게 책 두어 권 들고 버스에 오르는 일
이 습관처럼 굳어져 있었던 게다.

버스의 제일 뒷좌석 창가에 턱 하니 자리 잡고 앉으면 노인들, 애 업은
아줌마들에게 자리 양보할 일도 없고 좀 심하게 덜컹대서 그렇지 책읽기
에 그런 안성맞춤인 공간이 따로 없었다. 종점에서 종점으로, 흔들리는 차
안에서 빨간 볼펜으로 밑줄까지 쳐 가며 왕복 세 시간 거리를 한두 번쯤 오
가면 들고 갔던 책 정도야 너끈히 소화해낼 수 있었으니 말이다.

처음 몇 번은 당시 차장으로 불렸던 버스 안내양들이 눈살을 찌푸리며
심하게 퇴박하기도 했지만 나중에는 눈인사까지 건네는 고마운 안내양이
나 운전기사 아저씨들도 있었으니, 돌이켜보면 그 이동 독서실에서 읽었
던 책들이 더욱 또렷이 내 기억의 깊은 안쪽에 각인돼 있기도 하다.

그 시절 읽은 책들 가운데 기억나는 구절 중 카프카의 책장에는 이런 문구가 걸려 있었다 한다. "이 책은 모두 빌려온 것이므로 남에게 빌려줄 수 없음."

자신이 소유한 책의 권리장전을 한 줄로 요약한 것 치고는 무정한 대로 기발한 발상이 아닐 수 없었다. 빌려주기 싫으니 좋으니 서로 얼굴을 붉힐 필요조차 없겠으니 말이다. 요즘은 책은 빌려줘도 빌려 온 책들은 절대로 돌려줘서는 안 된다는 우스꽝스러운 말을 종종 듣기도 하는데, 앞뒤 이야기 모두가 자신 소유의 책은 자신의 지적^{知的} 등가물^{等價物}이라는 흥미롭고도 진진한 의미로도 생각해 볼 수 있겠다. 도서관이나 친구에게서 빌려 보는 책은 그 내용에 따라 차이가 있겠지만 내 것만큼 속 깊게 다가오지 않을 때가 많고, 그 책을 돌려줄 때 연인을 돌려보내 버리는 것 같은 절절한 아쉬움이 남는 경우도 종종 있는 법일 테니 말이다.

어느 해던가 친구에게 르 끌레지오의 소설 『홍수』를 빌려 읽다가 그 책에 몹시 사로잡힌 나머지 마치도 그 책이 내 소유인 양 턱 하니 다른 친구에게 양도해버린 적이 있었다. 결국엔 두 권의 『홍수』를 새로 구입해서 처음에 빌린 친구에게 한 권, 내가 또 한 권 가진 적이 있었으니, 몸에 걸치는 것도 아니고 꼬르륵거리는 뱃속을 채우는 것도 아니지만 한 번 일별해서는 아쉽고 그리운 책들이 세상에는 너무도 많고, 그렇기에 어려운 시절일수록 책에 대한 소유에의 집착 또한 그만큼 강해지는 것 아니었던가 싶기도 하다.

푼돈이라도 제법 쥐어졌다 싶으면 뒤도 돌아보지 않고 냅다 책방으로 직행했던 그 시절의 헌책방은 내가 풀방구리 쥐 드나들 듯 드나드는 또 하나의 성소였다. 운이 좋으면 생각지도 못한 싼값에 내 청춘의 기념비가 될 만한 전리품 — 그 무렵의 나는 지상의 모든 책들을 내 생을 담보로 한 세계로부터의 전리품이라고 이름 붙여주었다 — 들을 가슴 벅차하며 내 소유로 등재할 수 있었으니 말이다.

그 당시 버스 종점에서 우리집에 이르는 오르막에는 좌우로 헌책방이 하나씩 있었는데, 그 둘 가운데 선명하게 기억되는 곳이 오른켠 골목쟁이에 붙어있던 '할아버지 책방'이다. 바로 그곳에서 이제 와 생각해봐도 고소(苦笑)를 금치 못할 놀라운 시련이 나를 기다리고 있었으니, 아마 여름이었지 싶다. 버스에서 내리면 으레 책방 언저리를 기웃거리거나 쌓아놓은 책들 중에서 '돈 생기면 제일 먼저 저걸 사야지' 눈도장으로 쾅쾅 점찍어 두거나, 깎고 또 깎고 끝도 없이 실랑이를 벌이거나, 그러다가도 내가 좋아할 법한 책을 덤으로 얹어주시는 할아버지의 마음 씀이 너무도 고마워서 그 손등에 입이라도 맞추고 싶었던 그해 여름의 어느 날 저녁, 이 무슨 청천벽력이란 말인가!

내가 아끼고 아껴서 신줏단지처럼 모셔놓았던 내 책장 속의 책들이 한 권도 아니고 두 권도 아니고 무려 여덟 권씩이나 '할아버지 책방'의 진열대 위에 '떠억' 하니 드러누워 있는 것이 아닌가. 나로서는 귀신이 곡할 노릇. 너무도 기가 막혀서 도대체 무슨 일인가 따져 묻지도 못하고 비명을 지르고 울고불고 해봤지만 소중하디 소중한 내 책들을 그 할아버지가 그냥 되돌려 줄 리는 천부당만부당한 일이었던 것. 그 책들 중에는 바로 그 책방, '할아버지 책방'에서 샀던 책이 무려 다섯 권이나 끼어 있었지만 할아버지는 낯선 청년이 가지고 왔길래 제 값 다 쳐주고 샀다는 말만 되풀이하는 것이다.

수업시간에 몰래 읽다가 벌까지 서가며 나와 함께 했던 그 책들, 매운 코피 쏟아가며 밤새워 읽고 또 읽었던 그 책들, 무수히 밑줄 그어진, 책의 여백에 쏟아놓았던 숨가쁜 고백들!

간신히 마음을 수습하고 절대, 절대로 다른 사람에게 팔아서는 안 된다고 몇 번씩이나 다짐받고, 그 청년한테 샀던 그 가격으로 내가 며칠 내 되사가겠다고 확인을 거듭한 끝에 나는 미친 듯한 걸음으로 집으로 내처 달려 올라갔었더랬다.

"쬐깐한 게 공부는 안 하고 책만 읽는다!"는 미명하에 오빠가 자신의 당구비 마련하려고 금쪽같은 내 책들을 '할아버지 책방'에 내다 팔았다는 사실을 알게 된 건 그날 밤의 일이다.

그날로부터 오래고 오랜 동안 '오빠'라는 두 음절을 발성할 때마다 비

아낭 섞인 한숨이 앞질러 터져 나오려는 것을 간신히 눌러야만 했었으니
…… 그 책들은 팔린 가격의 서너 배 되는 값을 쳐주고 한 권 남김없이 되찾
아 왔다. 물론 그 할아버지의 책방은 그 뒤로 두 번 다시는 기웃거리지도 않
았다.

　인간의 일은 멋대로의 운명이 아니라 자기 자신의 운명을 발견하고 그것을
완전히 그리고 불굴의 정신을 가지고 끝까지 사는 일이었다. 그 이외의 모든
일은 어중간한 일, 도피의 시도, 대중의 이상 속으로의 퇴보, 적응, 그리고 자기
자신의 내면에 대한 공포였다. 끔찍하고도 성스럽게 새로운 형상이 내 앞에 떠
올랐다.

— 1976년 7월 12일 『회색 노우트』 중에서

　그때 그 '할아버지 책방'에서 되찾은 마르땡 뒤 가르의 소설 『회색 노
우트』의 맨 앞장 간지에는 분명 모나미 볼펜이었을 성 싶은 필기구로 무척
이나 힘있게 꾹꾹 눌러 쓴 글귀가 놀랍게도 이십여 년이 지난 지금도 거의
색이 바래이지 않은 채 또렷이 남아 있는 것이다.

밤 인사

아버지 기일忌日이다. 제사를 내가 모신다.

아버지 떠올릴 때마다 가슴께에 물이 괸다. 흉곽을 열고 쇄골을 지나 치솟아 오른 물이 그예 눈시울을 깨고 흘러내린다.

사업에 실패 후 2년여 책만 읽고 계시던 아버지를 기억한다. 대구 ㅅ극장 옆 학고방 집에 물이 들어찼을 때도 아버지는 밖으로 나오시질 않았다. 읽던 책을 손에서 내려놓지도 않으셨다.

국민학교 4학년 어린 내가 "아버지 어떡해요! 집에 홍수 났어요! 식구들 다 떠내려가게 생겼어요!" 울부짖으며 발 동동 구르며 끝없이 물을 퍼내고 있을 때 "걱정마라, 들어온 물은 다 나가게 돼 있다" 한 마디 하시고는 책으로 눈길 돌리시던 무정한 아버지.

그때 내 나이 스물넷, "아버지, 저 등단이란 걸 했어요. 시인이 되었어요" 말씀드리기 무섭게 "굶어죽으려고 시인 됐나?" 하시더니만 놀랍게도 열흘인가 뒤 당신이 한 권 한 권 고르고 골라서 집으로 배달되어 온 백여 권의 책들이라니!

그 책들은 지금도 내 방 책꽂이에 그날의 기쁨, 그날의 놀라움 그대로 남아 있다. 내 아버지는 지상에서는 영원히 만날 수 없는 분이 되었다.

밤 인사

발밑에 떨어진 영산홍
찢어져 뒹구는 붉은 꽃잎에게
껄렁한 불량배 같은 바람이 말을 건다
숨 쉬어라, 숨 쉬어

아버지 돌아가시기 전날 밤
그날 밤으로 먼 길 떠나실 줄도 모르고
전화기 붙잡고

아버지 주무세요, 푹 주무세요, 푹
이라고 말했었다

이상하게 바람소리 세차서
나는 나대로 한숨도 자지 못했지만
다음 날 아침
시체안치소 냉동실에서 나온 아버지 위로 엎어져
아버지 그만 일어나세요
이제 그만 잠에서 깨나세요
하염없이 울부짖었다

이 세상에 입고 온 단벌의 육체는 꽝꽝 얼어있고
잠 든 때와는 완전히 다른
텅 빈 아버지

차디찬 입술에 처음으로 오래 입 맞췄다
오열하는 딸의 입술을
아버지는 온전히 받는 것 같았다

희미한 미소가

인중에서부터 성에 가득 낀 구레나룻 쪽으로

비안개처럼 잠시 번지는가 싶더니

그 미소 지상에서 영원으로 흘러드는지

정말로 푹 주무시는지

영 깨어나지는 못하셨다

검은 눈물의 의미

얼굴. 내 기억의 어지러운 잡목림 사이 잘못 버려진 꽃다발처럼 헝클어진 채 잊혀지지 않는 얼굴이 있다. 십 년도 훨씬 전인, 스치듯 잠깐 마주쳤을 뿐인 그 얼굴.

미래에 대한 막연한 기대와 불안감에 휩싸인 채 늦도록 텅 빈 교실에 남아 있다 밤이 이슥해져서야 버스가 끊길까 서둘러 내려오던 남산길에서 만난 얼굴, 그 얼굴은 어둠 속에서 길을 잃고 무작정 내 뒤만 따라오고 있었노라고 말했다. 어디가 정류장인지, 어디로 가야 차를 탈 수가 있는지, 제발 부탁이니 자신을 그곳까지 데려다 달라고 말하던 그 얼굴에 뺨이 팰 듯 검은 눈물이 흘러내리고 있었다.

책가방에 있던 손수건을 건네주고 정류장까지 동행은 했지만 그 얼굴 위로 굽이치던 거미줄 타래와도 같던 검디검은 강물, 마스카라로 얼룩진 그토록 격렬한 눈물의 의미가 무엇인지를 끝내 물어볼 수는 없었다.

말아, 울지 말거라

내 말 좀 들어 보거라, 말아

너는 왜 남만 못 하다고 생각하니?

사랑하는 말아,

우리는 모두 조금씩 다 말이란다

모든 사람은 제 나름대로 모두 말이란다.

그 얼굴이 정류장에 도착해 버스에 올라타는 뒷모습을 보는 순간 격통처럼 블라디미르 마야코프스키의 시구가 떠올라왔다. 마야코프스키의 시편들 중에서도 내 마음에 오래도 판박이 돼 있는 시. 말의 숨죽인 신음소리와 어둑한 마구간 한 귀퉁이에서 상처 입은 자신의 종마 곁을 지키고 있는 한 사람. 말의 갈기에 얼굴을 묻고 흐느끼는 한 사나이의 애끓는 울음소리가 그 얼굴에 겹쳐 이명처럼 들려오고 있다.

난파선과 침몰한 도시와 폭풍우…, 말馬로 비유된 한 당신이 종내는 바로 나 자신이자 떼려야 뗄 수 없는 나와의 혈연 관계임을 아득히 확인하게 하는.

故 金明梨之墓

마음에 묻어두고 싶은 말을 뜻하지 않은 장소, 뜻하지 않은 사람에게 선뜻 말해버리게 되는 경우가 있다. 집에 돌아와 생각하면 마음 바닥이 훤히 드러나게 비어버린 것 같은 허전함이 들기도 하고 더러는 구석구석 마음의 변두리를 소제한 듯 홀가분한 느낌이 들기도 한다.

기억의 손때 묻은 작은 소품 하나를 잃거나 부지중에 버림으로써 이런 류의 혼곤함을 맛보기도 하려니와, 무슨 심상치 않은 비밀이나 보물이 아닌 다음에야 그런 일들은 곧 기억의 저켠으로 물러앉게 마련이지만 그러나 그렇게 해서 잃게 되는 대상이 사람인 경우에는 여간해서 그 마음의 상처를 아물리기가 쉽지 않은 법.

대학동기 중에 참으로 고상하지 못한 방법으로 자신의 상처를 진단하고 치료하는 한 친구가 있었다. 물 근처엔 얼씬도 안 하는지 언제 보아도 얼굴이며 차림새가 거뭇하기 이를 데 없는 그 친구가 내게 호감인지 유감인지를 품었었던지 때때로 가늠하기 힘든 거친 농을 해오거나 내가 지나는 곳을 향해 별안간 의자를 밀어붙이거나 해서 몇 번이고 나를 당혹하게 만들고는 했다.

강의시간 중에도 내 책상 위로 번번이 종이비행기를 날려 보내거나 다른 친구들을 통해 종이쪽지를 보내오고는 했는데, 그 쪽지 속의 내용이란 것이 대개는 완성도 채 안된 연시戀詩의 일종인 바, 시의 격은 차치하고라도 우선 맞춤법이 영 엉망이었던 것이다. 고의로 그리 썼던지 정녕 맞춤법을 몰라 그리 썼는지는 몰라도 그 친구의 하는 양이 처음부터 끝까지 나의 비위에는 영 허방 짚기로 여겨질 밖에는.

그 친구의 속 쓰림이 어땠는지 짐작 가는 바가 없지는 않았으나 그런 짓궂은 도발이 거듭되는 통에 급기야 나도 화가 치밀 대로 치밀어서 "너는 기초 공사가 아니 되었다. 스케치도 못하는 주제에 추상화를 그리려느냐. 가갸거겨부터 다시 시작해도 후일을 기약하기 어려우리라" 온통 가시 돋친 답장을 보내주었다.

그 답장 이후로 그 괴짜 시인 지망생 친구 — 그 친구가 교내에서는 제법 시 잘 쓰는 걸로 정평이 나 있었고 시에 대한 호기나 자부심이 대단했던 걸로 안다 — 는 왠지 풀기가 없어 보이고 강의도 몇날 며칠씩 무리할 정도로 빼먹는다 싶더니 마지막 학기가 끝나갈 무렵 웬 종이쪽지 한 장을 불쑥 또 내미는 것인데, 덩그러니 무덤 하나 그려져 있는 그림이다. 연둣빛 때 푸르고 조촐한 비석까지는 제법이었지만 어이없게도 그 비석에 아로새겨져 있는 글귀인 즉, '故 金明梨之墓'가 아닌가!

그 친구, 자기 애련愛戀의 줄거리를 그런 식으로 매듭지은 것까지는 그렇다 치더라도 나는 창졸지간에 주검 없는 무덤 하나를 얻게 되었으니.

미라언니의 꽃밭

그해 봄, 단지 2층에서 뛰어내렸을 뿐인데 미라언니는 죽었다. 미라의 집에 놀러 가면 한겨울인데도 하늘거리는 연초록 블라우스를 받쳐 입은 미라언니는 창턱에 팔을 괴곤 창밖에 펼쳐진 드넓은 풀밭 좀 보라고 내 손목을 꽉 움켜잡기도 했었다. 가끔씩은 창밖 허공에 붉디붉은 꽃이 피어 있다고도 하고 미풍에 꽃향기가 건네 온다고도 했었다. 날 보고 너는 분명 색맹일거라며 혀를 끌끌 차기까지 했었다.

미라네 집으로 가는 좁은 골목길에는 만화방과 이발소 외에는 죄다 슬레이트 지붕들이 옹송거리고 있을 뿐 공터 한 자락 없었다. 그 골목길의 유일한 2층집에 사는 내 친구 미라는 몇 번이고 자기 언니가 미쳤다고 했다. 미쳐도 단단히 미쳤다고 했다. 그러나 미라네 집에서는 아무도 미라언니를 병원에 데려가자고는 말 못 했다. 어른들이 모두 쉬쉬 했지만 우리 또래 애들은 미라네 집의 또 다른 방에는 미라오빠가 쇠사슬로 묶여있다는 걸

잘 알았다.

　미라언니가 붉은 꽃을 꺾겠다며 2층의 창밖으로 걸어 나간 날 미라오빠는 쇠사슬을 끊고 사라졌다. 미라언니의 발인이 있던 날 미라오빠가 동네 야산에서 발견됐다며 동네 사람들이 우르르 몰려갔다. 호기심 반, 두려움 반으로 나도 사람들의 뒤를 가만가만 따라붙었을 테다. 반쯤은 손으로 눈을 가리긴 했지만 다 보였다. 가마니에 덮인 불탄 사람의 발.

　죽음이 무언지 몰랐을 시절이어서 그랬을까. 나는 미라오빠의 처절한 주검보다도 미라오빠의 불탄 발이 짓누르고 있는 붉은 꽃 한 송이가 안타까웠다. 사람들이 웅성거리는 동안 죽은 사람의 발을 밀쳐내고 짓눌린 꽃의 꽃잎을 한 장 한 장 펴주고 싶어서 나는 조바심이 났다.

　삼십 년도 더 지난 그때 그 순간들이 웬일인지 어제 일처럼 선명하게 떠오른다. 두 사람, 두 죽음이 아니라 미라언니의 창밖에 펼쳐진 융단 같을 초록들판이며 붉은 꽃이 나도 자꾸만 보고 싶어지는 것이다.

　문학의 입술에 사람의 생사生死와 사람의 유명有命 무명無命을 어떻게 물려야 할 것인가를 나는 아직 잘 모르겠다. 나는 생사의 그 선후先後를 알지도 못하거니와 경험해 본 적도 없고, 배우지도 못했다. 아파트 9층 난간 밖으로 초록 들판이 펼쳐지는 일은 아직껏 없었으니 한 송이 환화幻花를 꺾으려다 몸을 잃는 일은 없겠다.

그렇더라도 나는 미라언니가 다녀간 그 봄의 허공에 자꾸만 꽃씨를 뿌리고 싶다. 이를테면 그이가 내디딘 허공, 그 광활한 허공에서 피어나는 붉고도 붉은 헛꽃이며 한 줌 꽃씨가 나의 문학이 아닐 것인지.

반얀나무 한 잎

남쪽으로 향한 내 방 창문을 열면 도로를 가운데 하고 마주보이는 곳에 아직 온전히는 그 모습을 벗지 않은 유수지遊水池가 있다. 대형 주차장 건설이라는 현수막에 둘러싸인 채 지금은 복개공사가 한창인 이곳 유수지 변邊으로 식구들이 옮겨 앉은 지도 십여 년째다.

집달리가 구둣발로 들이닥치던 때로부터 실의의 몸서리를 떨치며 구석진 봄풀 일어서듯 이곳으로 새 정처를 얻어들던 그해 봄, 서울이라는 거대도시의 변두리답게 천변에는 이름을 알 수 없는 수종數種의 나무며 꽃들이 새초롬한 조춘早春의 물안개를 피워 올리고 있었더랬다.

86아시안게임을 이유로 천변의 나무들이 대량으로 잘려나가고 꽃 모가지들이 부표처럼 못沼 위를 맴돌던 몇 번인가의 가을을 굽이치고도 어떤 부득이함이었든지, 다시없는 조바심이었든지 우리 식구들 중 누구도 이곳 유수지 천변을 벗어날 요량을 펼쳐 말해보인 이는 아무도 없었다.

물을 곁에 하고 살았음인가, 헐고 헌 시간의 맨발이 물 건너는 소리에 귀를 빠뜨리고 살았음인가. 물때에 맞춰 기울고 물때에 가늠하여 들먹거리는 나의 아픔이며 슬픔들 또한 그밖에 달리는 비껴갈 수 없었던 한 삶의 때 절은 정면, 버리지 못해 움켜두었던 내 생의 네거티브 필름이기도 하다.

입술에서 떼어놓으면 그저 속이 빈 물건, 죽은 나무 막대기에 불과한 '아부베르크의 피리'처럼 나의 청춘이란 시의 입술에 힘겹게 물려놓은 '반얀나무' 한 잎 같은 것! 시시각각 기억의 적들에게 포위당한 채 가지 하나하나, 잎사귀 하나하나를 골고루 다 지키고 싶은 저 반얀나무 한 잎 같은 것!

한 권의 책이

/

한 권의 책이 한 사람의 인생의 지침을 완전히 바꾸어 놓았다는 이야기를 때로 접한다. 더듬거리는 손가락을 통해 두뇌로 전달되는 내내 엄청난 도약을 할 수 있도록 이끄는 한 권의 책을 갈망하지 않는 독자란 없을 것이다.

운명이라는 저 바닥 모를 어둠의 갈라진 틈 속에서 어찌할 바를 모르는 한 사람의 어깨를 단단히 부축해서 그가 마침내 자신의 길을 온전히 걸어갈 수 있도록 이끄는 단 한 권의 책, 단 한 줄의 문장은 지금도 언어라는 자일에 일생을 걸고 끊임없이 흘러내리는 존재의 빙벽을 타고 오르는 모든 글 쓰는 이들의 소망일는지도 모른다.

『마음의 눈으로 오르는 나만의 정상』의 저자 에릭 와이헨메이어는 그가 치러낸 고통보다 열 배, 스무 배 더 높은 인생의 정상으로 우리를 이끌기를 주저하지 않는다. 이제 여기서 그만 천천히 아래로 굴러 떨어지고 싶은 우리의 엉덩이를 끊임없이 걷어차면서 알래스카의 데날리, 아프리카의 킬리만자로, 아르헨티나의 아콩가과의 칼날 같은 능선들을 헤치고 눈 덮인 정상으로 자신과 함께 동반할 것을 연신 재촉해대는 것이다.

그러나 우리의 망설임을 떠밀듯 앞지르며 특수 제작된 등산용 폴 하나에 의지해 만년설의 빙벽을 한 마리 거미처럼 조심스레 더듬어 오르는 이 작자의 눈에는 놀랍게도 맹점이 없다. 에릭 와이헨메이어는 열세 살, 자신의 인생의 로켓을 쏘아올리고 싶은 정점에서 망막박리증이라는 유전병으로 시력을 완전히 잃게 된 것이다.

이어 어머니를 잃고 녹내장으로 양쪽 눈을 차례로 적출해 낼 수밖에 없었던 이 작자의 연이은 시련은 눈물을 흘릴 눈이 없기 때문에 시원스레 울 수조차도 없는 더없이 캄캄한 현실에 직면하게 된다. 그럼에도 불구하고 자신의 장애와 조화를 이루려는 그의 의지는 자신의 몸을 지렛대로 활용해서 타고난 상체의 힘으로 상대를 압도하는 주니어 레슬링 선수 생활을 비롯, 점의 공간적 분포를 응용해 시력이 온전한 자신의 학생들에게 논리적 추론을 가르치는 교사 생활, 그리고 안테나처럼 암벽의 틈새와 홈과 마디와 모서리를 손으로 더듬으며 자신의 인생이라는 암벽의 지도를 우리 시대의 유례없는 클라이머로 스스로를 차례로 완성해 가는 내내, 그가 세상에 던지는 빛과 지혜와 유머와 사랑은 우리의 가시권을 넘어서는 그의 정신의 아득한 고도를 짐작하게 해준다.

시속 160킬로미터 이상으로 불어 닥치는 가공할 생의 바람에 정면으로 맞서는 한 시각장애인이 있어 그가 마침내 도달한 킬리만자로의 정상에서 부릅뜬 내면의 눈으로 지구의 만곡을 어루만지듯, 내 생의 곳곳에서 가차 없이 나를 억눌렀던 운명의 복병들이 메아리처럼 내게 던지는 질문의 의미들이 무엇이었나를 새삼 아프도록 되짚어 본다.

개미와 나비와 분꽃송이들을

／

　독일 바이마르市가 1996년 유럽의 문화수도로 지정된 것을 기념하기 위해 개최한 밀레니엄 에세이 콘테스트에서 러시아의 이베타 게라심추크(여, 20세)가 '바람의 사전'이라는 제목의 에세이로 최우수상을 받았다. 주최 측이 제시한 주제가 '미래로부터의 과거의 해방', '과거로부터의 미래의 해방'이었다고 전해지는데, 이베타 게라심추크는 철학, 신학, 역사, 과학, 수학 등의 61개의 독특한 개념을 혼용해 이 주제를 누구보다 효과적으로 풀어냈다고 한다.

　'바람의 사전'이라는 다분히 시적이면서 포괄적인 제목을 앞세운 그는 시간을 무한한 것으로 믿고 과거에는 전혀 관심이 없는 미래형 인간과, 시간은 준비돼서는 안 되는 신이 준 선물이라며 과거만 믿는 과거지향형 인간을 든 뒤 양자의 오류를 지적했으며 이 두 종류의 인간이 함께 어우러져 살아갈 수밖에 없는 실존적 당위성을 규명해냈다는 것이다.

파시스트적인 물질문명의 발달로 우리가 누리는 문명의 혜택은 그 고마움이야 새삼 말할 나위 없겠지만, 그로 인한 인간의 시간은 시분초時分初로 분절된 단위 앞에서 꼼짝없이 사로잡힌 덫에 걸린 짐승의 꼴은 아닐 것인지 두려움이 앞서는 마음 또한 금할 수가 없다. 디지털시계는 선험先驗 혹은 본질에서 비롯되는 초시간적 가치를 무용한 것으로 만들고, 테크노피아적 시간만이 인간의 행복을 보장하고 인간의 미래를 관장하는 유일신이 되어가고 있는 것은 아닌지 모르겠다.

엊그제 글피라든가 오후 서너 시경이라든가 쇠고기 두어 근이라든가, 유월 보름, 초하루 삭망이라는 말들은 바람이 훑어가버린 죽은 말들이 될 터이고 명료하게, 신속하게, 정확하게 분화된 시간의 단위가 아니면 우리들은 현대라는 이 물질문명의 와중에서 살아남기가 더 이상 힘들게 될지도 모를 일.

밀레니엄 베이비를 출산하기 위해 예정일을 앞당겨 제왕절개를 서둘렀다는 어느 산모의 디지털식 출산시계만이 진정한 의미의 밀레니엄 베이비를 생산할 것인가. 그 아이의 호적에 등재된 밀레니엄 시간은 그 아이에게 닥쳐올 운명의 시간 모두를 관장하는 전우주적인 시간을 실증해낼 수 있다고 말할 수 있을 것인가.

지금까지 관측된 먼 천체들의 빛은 약 80억 년 전에 그 천체를 출발했다고 한다. 그러니 우리가 바라보는 오늘의 별빛은 80억 년 전의 별이 쏘아 보낸 빛인 것이다. 우주로켓을 타고 달의 뒤편으로 여름휴가를 떠나는 것만이 새 밀레니엄을 바라보는 시간의 해석자로서의 우리들의 꿈은 아닐 터. 자연인에게는 자연인의 정신 유지에 꼭 필요한 초자연적 시간이 있을 것이니, 그 아이, 밀레니엄 베이비의 야광 디지털시계 옆에 개미와 나비와 분꽃송이들을 나란 나란히 놓아두면 어떨까를 생각해본다.

아름답고 강하고
빛나는 것들

앙큼한 봄

산중에 버려져 품에 안고 왔던 아기고양이가 저만치 컸다. 이름을 향기라 지어주었다.

산자락 아래라 4월이 코 밑인데도 봄이 먼 집마당에서 향기는 봄이 먼저 올지 임이 먼저 올지 하염없이 기다리고 있는 듯하다.

미구에 들이닥칠 꽃봄, 어쩌면 향기는 임과 봄을 함께 기다리고 있었는지도…….

오오 앙큼한 봄! 고양이 향기가 온몸으로 봄빛을 진동하는 객잔의 삼월 오후다.

진주목걸이

달이 흘린 눈물이 조개에 들어가 보석이 되었다는 진주, 진주목걸이를 목에 걸어 보았다.

유럽을 여행 중이던 한 미국인이 프랑스의 소도시 낡은 골동품 가게에서 다소 비싸다고 생각되는 500달러에 진주목걸이를 샀다. 몇 년 후 생활이 궁핍해진 그가 그 진주목걸이를 되팔려고 보석가게에 가져갔더니 5만 달러나 주겠다는 보석상이 있어 값을 그렇게나 후하게 쳐주겠다는 이유가 무엇이냐고 물어본 즉, 그 보석상이 진주목걸이의 값어치로 보자면 실은 몇십 달러밖에 안 되는 것이라는 말과 함께 팔려고 내놓은 진주목걸이를 현미경 위에 올려놓으며, 잘 보세요, 여기 나폴레옹이 그의 아내 '조세핀에게'라는 기록과 함께 황제 나폴레옹의 친필 사인이 보이지 않느냐고 했다는 일화가 문득 떠오른다.

삼십 년 세월이 흘러가는 동안 피붙이보다 도탑고 살가운 정으로 삶과 문학의 애환을 나누어 온 B언니, 그이가 오랜 세월 몸에 지녀왔던 진주목걸이를 내 목에 둘러주었다. "생일 축하한다. 새것이 아니라서 미안해"라며…….

몇 해 전 소장암 선고를 받고 대수술을 하고도 스스로 항암치료를 거부하고 지금껏 큰 탈 없이 곁에 머물러 있어 주는 것 이상의 크나큰 선물이 다시없을 터.

암수술 받은 지 얼마 지나지 않았음에도 촛불집회에 꼭 가고 싶다고 해서 남양주 집에서 판교로 차를 몰고 가서 그이를 태우고 대한문 앞의 태극기부대에 막혀 일곱 시간여 만에 광화문에 닿았던 날을 기억한다. 촛불을 들고 행진을 마치고 난 후의 발가락 끝이 쩍쩍 달라붙는 오한과 냉기를 데운 정종 한 모금과 오뎅 국물로 녹이던 순간의 온 몸에 퍼지던 그 피돌기와도 같던 짜릿함, 따뜻함이 생생하게 되살아온다. 목걸이를 두르니 달이 흘린 눈물을 두른 듯이, 한 삶이 통과해 온 누적의 세월을 두른 듯이 온 몸이 젖어오는 듯하다.

그이와 함께 더불어 온 숱한 나날들의 순간, 순간들이 살아가는 내내 달의 눈물인 듯, 눈물의 주렴인 듯 한 알 한 알 빼곡이 맺혀있을 것만 같은 진주목걸이다.

해빙기의 저녁

／

　해 바뀐 지 엊그제 같은데 내일이 입춘이란다. 입춘대길立春大吉, 건양
다경建陽多慶 대문간에 입춘첩 한 번 써 붙여 본 적 없건만 올해처럼 봄이 간
절히 기다려지는 해도 다시없었을 성 싶다.

　한 달에 한 번 정기진료 받으러 가는 병원 맞은편 주차장에서 낭패를
당했다. 승용차의 백미러가 접히지 않고 차문이 닫히질 않고 '배터리 충전
중'이라는 안내 문자만 계속 떠오르는 것이다.

　앉았다 섰다 발 동동 구르며 전전긍긍하다가 안 되겠다 싶어 승용차문
열어둔 채로 병원으로 뛰어가서 진료 받고 약 봉투 들고 주차한 곳으로 돌
아오니 이제는 아예 시동조차 걸리지 않는다.

　승용차 제작사로부터 '엔진제어모듈 이상'이라는 리콜 통지문 받고서
도 차일피일 미루다가 이런 지경을 당했으니 갑작스런 낭패라 해도 내 탓
이 아니랄 수만은 없겠다.

곱은 손 호호 불며 공업사에 전화했더니 오늘은 업무 끝났으니 차만 끌고 와서 두고 가라고 하는데 날이 춥고 마음이 조급해서인지 견인차 기다리는 시간이 부지하세월이다.

도착한 견인차 기사가 승용차의 엔진룸을 열고 몇 개의 부속품인가를 분주하게 조작하고 나니 놀랍게도 금세 시동이 걸린다. 차에 끌려가는 차 신세는 면했구나 싶어 가슴 쓸어내리는 터에 그 견인차 기사님, 가다가 다시 멈출 수도 있어 불안하실 테니 댁까지 에스코트를 해드리겠다고 하는 것이다.

견인차 에스코트 받으며 자가운전해서 무사히 집까지 당도했는데, 고장 신고한 장소와 주차한 집주소가 달라 견인차 출동하는 센터도 다르긴 하지만 내일 자신이 집으로 와서 승용차와 운전자가 안전하게 공업사로 이동할 때까지 다시 에스코트 해주겠다는 말에는 눈물이 핑 돌기까지 했다.

혹한의 눈보라 속에 거리의 노숙자에게 자신의 외투와 장갑을 벗어주고 얼마 안 되나마 돈까지 쥐여주었다 하는 사진과 기사를 며칠 전 보았던 기억이 겹쳐져 모처럼 훈훈해진 마음, 인정에 감사하는 마음 식기 전에 서둘러 몇 자 적는다.

지금!

집의 마당에는 이제 겨우 생강나무 세 가지들이 눈을 떴다. 생강나무, 그 연노란 꽃빛을 들여다보면서도 겨울 카디건을 벗지 못할 정도로 골짜기의 봄은 더디게 온다. 한밤중에 천변에 나갈 때는 털모자를 눌러 쓰고 목도리를 두르고 장갑을 낀다. 커피를 연거푸 들이켜고서는 잠이 안 온다고 투덜거리며 창밖이 훤해질 때까지 영화를 본다.

화류춘몽花柳春夢은 꽃과 버들이 봄에 꾸는 꿈, 덧없는 인생을 비유적으로 이르는 말이다. 장률 감독의 〈춘몽春夢〉, 빔 벤더스 감독의 〈베를린 천사의 시〉와 장 뤽 고다르 감독의 〈천국보다 낯선〉을 다시 본다. 〈춘몽〉과 〈베를린 천사의 시〉는 잠깐씩 컬러로 바뀌기는 해도 세 편 모두가 흑백영화다.

"이 세상에 없어서 슬픈 건 참새뿐이다"(〈베를린 천사의 시〉), "새로운 곳에 왔는데 모든 게 똑같다"(〈천국보다 낯선〉)는 두 문장이 뒤통수로 날아든 돌멩이처럼 뇌리에 박혔다.

이 세상에 없어서 슬픈 건 갈매기도 마찬가지. 모든 게 똑같아도 좋으니 여기가 아닌, 다른 곳으로 가보는 것도 괜찮으리라. 생강나무 꽃 지기 전에 서두르자. 제주행 비행기를 예약한다. 발끝에 채일 대해大海의 봄 냄새, 덮쳐오는 파도의 흰 포말들을 향해 지금! 이라고 말할 수 있다면야.

내 마음의 적폐쯤이야

대문간에 불두화 만발했다. 부처의 나발 닮은 꽃인데 그 꽃말이 제행무상諸行無常이다. 내 엄마 살아 생시 무척이나 좋아하시던 꽃! 저도 한 송이 꽃으로 생명으로 잠시 잠깐 꽃피어났음을 알리려는 듯 길냥이 한 마리 꽃핀 불두화 나뭇가지에 사뿐 올라앉았다.

늦은 점심 먹고 모처럼 마당에 나와 앉았는데 벌써 몇 시간째다. 햇빛 나긋하고 바람도 청랑해서 집히는 대로 들고 나온 책 한 권을 반나마는 읽은 것 같고 겨우내 안 보이던 새들 돌아와 죽순 같은 소리로 때를 알리니 늦깎이 봄이 비로소 산그늘 깊은 집에 당도했음을 알겠다.

비린 것 내줬더니 삽시간에 해치운 고양이들은 낮잠 삼매경이다. 어제 내린 비에 벚꽃, 앵두꽃, 홍매화 만개하고 백목련, 자목련 청천에 흐드러졌다. 내가 지고 가는 삶의 무게라니! 내 집 안팎을 터 삼은 열댓 마리 길냥이들, 정확히는 몇인지 그 수를 헤아리기 힘든 천변 길냥이들 몫까지 사료며

간식이며 넉넉히 곳간에 쟁여 두었으니 금백지인들 왕후장상인들 조금도 부럽지 않다. 추상같은 세월, 납덩이같은 근심 따위 새소리서껀 햇빛과 바람이 단숨에 녹여내는 산골집 오후다.

며칠째 헝클어진 마음도 활짝 개었으니 내친 김에 사전 투표를 하러 갔다. 면사무소 입구에서 체온을 재고 양손에 비닐장갑을 끼고 투표 용지를 받아드는데 살짝, 울컥한 기분이 들었던 것도 같다. 며칠 전부터 시무나무가 잎을 내었을까 궁금해진 터라 투표소 나오자마자 지둔리로 차를 몰았다. 어린아이 손바닥만 한 연둣빛 새순을 틔우고 있는 사월 시무나무!

지둔리 시무나무는 현존하는 시무나무 중 가장 오랜 노거수로 육이오 전화戰禍에 폭격으로 불길에 휩싸였지만 화마에 쓰러지지 않고 오백오십 년 세월을 오롯이 한, 내가 몰래 편애하는 나무다.

나무를 한참 올려다보고 있는데 한 할머니가 다가와 "이 봐요, 처녀! 저 나무 이뿌지? 우리 영감은 벌써 저 세상으로 갔어. 나는 혼자 사는데 딸이 자주 자주 와" 하신다. 오, 할머니, 처녀라니요?

"오늘 우리 딸이 와서 집 안 청소를 해줬어. 냉장고도 말끔히 청소해주고 맛난 것도 잔뜩 채워주고 갔어. 딸이 최고야!" 끝도 없이 이어지는 카랑카랑한 목소리, 올해로 연세가 100세라는 할머니가 저리도 정정하시다. 새 잎을 무성히도 매달고 있는 550년 수령의 시무나무 앞에서 100세 할머니의 굳건한 모습을 바라보는 기쁨을 어디에 비하랴.

시무나무 보고 와 벚꽃잎 만개한 구운천변을 오래 걸었다. 구름 그늘 아래 햇빛은 비스킷처럼 바스락 소리를 내고 물 위로 물속으로 오리 떼들이 하냥 자맥질을 해대는 봄날 오후, 오늘만큼은 코로나쯤이야, 내 마음의 적폐쯤이야!

애련설愛蓮說

저녁 찬거리 사러 나가다 기어이 차를 돌려 홍유릉洪裕陵 숲길 한 바퀴 걷는다.

1998년부터 일곱 해 가까이 능陵에 인접해 살다 승용차로 30분 남짓한 송라산 아래로 옮겨 온 지금까지도 일주일에 한두 번은 일부러라도 이 길을 찾아와 걷고 있으니 태어난 이래 내가 가장 많이 걷고 또 걸은 길이 홍유릉 숲길이다.

홍유릉 숲길은 고종高宗, 순종順從과 의친왕義親王, 그리고 그 비妃들의 능이 있는 뒤편 길로 의친왕이 만년에 기거하던 영원英園(영친왕, 의민황태자와 황태자비의 합장 원園)에서 덕혜옹주德惠翁主의 무덤에 이르는 길이다. 길의 오른켠 들판 조붓한 작은 연밭에 마침 7월에 개화하는 연분홍 연꽃인 '강희맹련姜希孟蓮'이 활짝 피었다.

진흙에서 나왔으나 물들지 아니하고, 맑은 물결에 씻기면서도 요망하지 아니하며 속은 통하되 겉은 바르며, 넝쿨을 치지도 않고 가지를 뻗지도 않으면서 향기는 멀수록 더 맑아지고, 우뚝 맑게 선 모습이 멀리서 바라볼 수는 있으되 때 묻히기는 어려운 까닭이라.

양떼구름 드넓게 옮겨가는 여름하늘 아래 훈풍에 떠는 홍련, 백련 잎사귀 보니 주돈이周敦頤(중국 송대宋代 시인)의 애련설 절로 읊조려진다.

아름답고 강하고 빛나는 것들

/

텃밭에 심은 소채들 대부분을 산자락 타고 내려온 고라니들이 먹어 치웠기에 풀들만 무성한 손바닥만 한 내 집 텃밭엔 올해의 소출이랄 것이 없다.

이웃한 다윗동산의 널찍한 텃밭은 넓고도 깊게 햇빛 들이치고 고라니며 멧돼지들 넘보지 않아 수십 종의 소채며 옥수수, 수박, 참외 등의 과육들 탐스럽기가 눈이 부시다.

땡볕을 이고 가지 가시에 손끝 찔려가며 옥수수며 고추, 방울토마토를 따는 일은 심은 이의 수고로움에 마음껏 따서 나눠 먹으라는 인정까지 보태져 비 오듯 흘러 가슴골 적시는 땀방울이 탄산수처럼 시원하게 느껴지기만 했다.

아름답고 강하고 빛나는 것들이 소쿠리 넘치게 한가득이다. 혹은 그 위로 혹은 그 사이로 느릅나무 초록그늘이며 말매미 울음소리들 번차례

로 섞이어 드니,

　　저 소출들 이고 지고 집으로 돌아오는 저녁답 발밑부터 슬슬 번지기

시작하는 일몰의 가랑이도 제 멀미에 취한 듯 몹시도 휘청거렸으리라.

이월 블루스

／

　사전을 들추어 보니 '블루스는 형식이자 사운드며 동시에 정신'이란다. 1890년대에 미국 흑인들의 영가, 노동요, 거리의 외침이 모여서 이루어진 블루스는 성악음악의 유형으로 시작되었던 무반주 노래였지만, 곧 밴조나 기타 반주를 사용하게 되었으며 초기 블루스의 일반적인 주제는 사랑으로 인한 슬픔, 배신, 절망과 유머였다고 한다.

　블루스^{blues}라고 하면 응당 춤이라고 기억되던 바, 내가 사는 산간마을에 어제 온종일 휘몰아치던 눈은 4분의4박자 탱고나 밀롱가처럼, 때로는 하바네라처럼, 어제의 춤이 미진했던지 오늘 내도록 흩뿌린 눈은 마치도 영가처럼, 엉키는 스텝 따위야 "말하기 어려워, 말하기 어려워, 너의 사랑이 이제 허사인 걸"(로버트 존슨, 「헛된 사랑」 중에서) 열두 마디 형식의 마지막 블루스를 추는 듯이,

　1분 후면 녹아내릴 눈과 2분 후면 소거될 눈의 자취들이 천년을, 만년

을 살아내겠다는 듯이 으스러지게 뒤엉켰다 삽시에 흩어지는 것이 시의 사운드, 시의 정신, 시의 블루스 아닌가 생각해 보는데… 그나저나 춤, 블루스 추어 본 적이 어언 백만 년은 된 듯하구나.

인산후 人散後

/

페이스북에 사진을 올리고 단상이나마 글을 잇대어 적기 시작한 지 7년째로 접어들었다.

페이스북에서의 글쓰기, 읽기란 훗날의 나 자신 혹은 여러 읽는 이들에게 어떤 기억이나 의미로 남게 되고 해석되어질 것인가를 거듭 생각해보게 되는데, 오늘 문득 나 자신에게 주어진 대답이 카프카의 저, "고독과 공동체 사이의 경계지……"로 이어지는 문장들과 크게 어긋나지는 않을 성 싶다.

내가 고독과 공동체 사이의 이 경계지를 넘어서는 일은 무척 드물다. 고독자체보다는 오히려 경계지에 더 많이 산 셈이다. 더욱이나 로빈슨 크루소의 섬과 비교해 볼 때 그것은 얼마나 활기차고 아름다운 나라였는지 모른다.

— 프란츠 카프카·크라우스 바겐바하, 『카프카』, 홍익신서, 1986, 9쇄판

282

노수老愁는 낙엽과도 같아서 쓸어도 쓸어도 끝이 없다더니 봄날 해거름 나뭇가지 스치는 바람소리, 꽃 모가지에 걸린 빗물 한 자락에도 괜시리 마음자리 스산해진다. 이런저런 어지러운 마음의 잡풀들도 솎아낼 겸 갤러리에 담아두고 때때로 들여다 보곤 하는 풍자개豊子愷(1898~1975)의 그림과 그림 속의 시 한 수 적어 보련다.

人散後
一鉤新月
天如水

사람들 흩어진 후에
초승달이 뜨고
하늘은 물처럼 맑다

가평, 조르바, 일몰시각

/

아니나 다를까. 느지막이 작업실에 왔더니 야외 작업장과 컨테이너 벙커를 연결해 씌워놓은 슬레이트 지붕이 금세라도 날아갈 기세다. 이음매 부분이 들뜨고 뒤틀려 참을 수 없이 거센 소리로 쿵꽝쿵꽝, 덜컥, 덜커덩거린다.

임시방편으로 사다리를 놓아 몇 군데 쇠못을 치고 들썩이는 부분을 끈으로 붙박아놓았다. 지축을 울릴 듯하던 그 소리 조금쯤 잠잠해졌다.

"인간의 영혼은 진흙덩어리다. 모호하고 촌스러운 욕망들로 가득하고, 길들여지지도, 다듬어지지도 않고, 아무것도 분명하지도 않으며, 전혀 예측할 수 없다."

해 질 무렵 돼서야 고샅길을 한 바퀴 도는데 된바람 속으로 조르바의 문장들이 이명처럼 맴돈다. 나를 '잠시' 지탱하고 있는 이 육체, 이 진흙덩어리를 금세라도 훑어 멀리 멀리 날려 보내려는 듯이 바람 거세다.

슬픔의 맛

조송시대^{趙宋時代}의 사인^{詞人} 신기질^{辛棄疾}은 일찍이 '슬픔의 맛^{愁慈美}'이라 노래했고, 일본의 시인 요사 부손^{與謝蕪村}은 "쓸쓸함이라는 기쁨도 스며들어 있는 가을날의 저녁 무렵"이라 썼네.

땅에서 어마어마한 거미가 기어 나와 사람과 대지를 한꺼번에 업어 나르는 저물녘, 이 청렬^{清冽}한 시간.
저 저물녘을 다 걸었으니 오늘밤 나는 영원에 닿을지도 몰라.

집으로 돌아와 라면을 끓인다. 슬픔의 맛, 붉디붉은 일몰라면을……

제 9 부

네팔에 오면
네팔리가 되어라!

네팔 대지진

네팔의 수도 카트만두가 현지 시간 2015년 4월 25일 정오께 발생한 강진으로 아비규환에 빠졌다는 뉴스를 방금 들었다. 모멘트 규모 7.8의 강진으로 도시 곳곳이 순식간에 폐허로 변했으며 네팔 당국이 발표한 사망자만도 5천 명에 달하며 부상자는 벌써 1만 명을 넘어서고 있다.

영국 일간지 카디언은 네팔 당국자의 말을 인용하며 카트만두 가옥의 70%가 파괴되었으며 사망자가 1만 명, 이재민은 6백만 명에 이를 것이라고 전한다. 마을마다 수백 명씩 잔해에 파묻힌 사람들을 곡괭이와 맨손으로 구조하고 있는 실정이며 여진의 공포로 도로와 광장은 거대한 텐트촌으로 변모했다고 한다.

4월 25일의 대지진 참사로 진앙지인 카트만두 고르카 지역에서 최소 223명이 숨진 채 발견되었고 피해 규모는 눈덩이처럼 불어날 수 있다고 하니, 교통이 두절된 산간 오지 마을의 피해 상황까지 포함하면 지진피해의 참상을 숫자로 환산해내기조차 불가능할 것이다.

1832년 세워져 유네스코 세계문화유산으로 등재된 62미터 빔센(다라하라) 타워도 이번 지진으로 무너졌으며 그 속에 수많은 사람들이 매몰되었다니 아아, 나마스떼… 나마스떼…….

안 그래도 오염이 심한 바그마티 강물을 식수로 사용할 수밖에 없는 상황이 온다면 콜레라 등의 전염병이 창궐하여 돌이키기 힘든 최악의 재난으로 이어지는 상상하기조차 끔찍한 일들이 벌어질 수도 있겠으니…….

지구는 하나이며 모든 생명체는 서로가 서로에게 이웃일 수밖에 없다는 자명한 사실 앞에서, 헤아릴 수 없는 인명 피해와 수천 년 된 인류 문화유산의 파괴 앞에서, 어찌해 볼 도리 없어 북받치는 슬픔, 망연자실한 마음을 추스르기 어려운 나날들이 이어지고 있다.

몇몇 네팔리 친구들에게 연락을 넣어도 닿지 않는다. 지난해 여름 몬순 시기 석 달을 네팔에서 지내고 온 나로서는 그 끝 간 데 없는 참상이 바로 눈앞에서 벌어지고 있는 것만 같아 뉴스를 보는 것만으로도 심장이 오그라든다.

네팔에 오면 네팔리가 되어라!

식물한계선을 넘은 곳에 위치한 나라 네팔에 도착했다. 여행은 가서 돌아오지 않는 것이라 했으니 붕붕거리며 길 떠난 몸이 떠나온 마음 그대로 돌아갈 수 있을까를 되뇌곤 한다.

네팔의 수도 카트만두 외곽의 작은 도시 상가sanga에서 하룻밤을 지내고 오전 8시에 출발, 엄청난 교통체증을 뚫고 카트만두의 중심지 타멜 거리에 도착하니 오전 10시다.

그 시각부터 오후 3시가 넘도록 한 끼의 식사도 해결 못한 채 셀 수 없이 많은 호텔과 게스트 하우스를 헤매 다녔지만 다리 뻗고 앉아 글을 쓸 내 방은 단 한 군데도 없었다. 엘리베이터 없이 좁고 가파른 4층, 5층에 있는 카트만두에서의 객실 순례는 히말라야 고도를 족히 넘어서고도 남았을 터.

배꼽시계로는 저녁 먹을 시간이 다 되어서야 가까스로 한국식당을 찾아 김치찌개에 밥 한 술 뜨고 천신만고 끝에 노트북 얹을 수 있는 허름하나

마 책상이 있는 방에 여장을 풀었다.

'네팔은 지금 공사중'이라는 말을 실감한다. 저녁이 되면 한 달을 씻지
않은 사람과 매일 샤워하는 사람의 더럽기가 똑같다고 할 정도로 자동차
매연이 심한 도시 카트만두 타멜의 밤이 깊어가고 있다.

네팔은 6월에서 9월까지는 우기雨氣라고 하니 마음의 축축한 우기에
히말라야 산록의 오두막에서 비 긋는 새 한 마리 내 마음의 젖은 빈 터에

옮겨 앉히리라.

　하루에 너댓 시간씩 네팔 전역에 시행되는 전력 차단으로 천정에 매달린 털털이 선풍기마저 정지된 박명 속에서 이 글을 쓰고 있노라니 법문처럼 내 안에서 울려오는 소리… 피할 수 없으면 즐겨라. 네팔에 오면 네팔리(네팔인)가 되어라!

카트만두 이야기

수만 년 전 히말라야 산기슭 푸르고 깊은 한 호수에 핀 연꽃에서 대일여래大日如來가 모습을 드러낼 무렵 중국 오대산에서 수행을 마친 문수보살文殊菩薩이 티벳을 지나 인도로 가는 길에 대일여래를 만나기 위해 히말라야 연꽃 기슭으로 발걸음을 옮기던 중 호수 기슭에 초막 짓고 살던 산인들이 호수 속에 사는 뱀의 악행을 고하자 문수보살이 마침 품에 지니고 있던 검劍으로 초바르산을 둘로 가르니 뱀과 호수가 일시에 사라지고 사람들이 살기에 족히 아늑한 카트만두분지가 생겨났다고 한다.

초바르 마을 인근의 산들이 붕괴되고 지역의 수계水系가 격변했다는 고증과 함께 전설과도 같은 카트만두호수설을 뒷받침하는 결과가 최근 지질학자들의 연구에 의해 속속 증명되고 있다고 하니, 신화와 현상의 경계 아득하디 아득한 그 사이 기원전 몇 세기로부터 지금까지 쉴 새 없이 풍랑이는 카트만두의 호수바람과 때 없이 모래바람 이는 안개호수의 맨 밑바

닥에서 길 잃고 헤매지 않는 자 그 누구인지…….

　해발 고도 1,300미터 분지 카트만두는 지금 시각 한국보다 3시간 15분 늦은 해질 무렵, 단지 킹스 로드를 30분 정도 걸어왔을 뿐인데 흠뻑 젖은 바짓단 새로 세細모래들 툭툭 떨어지는 것 보니 내가 정박한 이 도시 카트만두가 오래고 오래전 바다 속에서 융기한 대륙붕이었음을 비로소 알겠다.

스와얌부나트

밤의 스와얌부나트Swayambhunath에 올랐다. 맑은 날의 스와얌부나트에
선 히말라야의 눈 덮인 연봉連峯들까지 보인다고 하더니 카트만두 시내의
야경이 사람의 눈 안에 다 담을 수 없도록 붉고도 드넓게 펼쳐져 있다.

우리나라의 인사동과 이태원을 뒤섞어놓은 듯한 카트만두의 중심지
타멜 거리에서 불과 2킬로미터 떨어진 곳에 카트만두를 상징하는 대표적
인 불탑들이 산의 정상까지 우뚝 솟은 스와얌부나트는 거대한 새의 펼쳐
진 날개깃 같다.

스와얌부나트는 기원전 3세기 아쇼카 왕이 카트만두 일대를 순례한
후 세운 것으로 알려져 있다. 지금의 카트만두 계곡은 원래 호수였고, 스와
얌부나트는 호수 한가운데 섬처럼 떠있었다는 전설이 오랫동안 전해져 왔
는데 최근 카트만두호수설이 지질학자들의 연구를 통해 사실로 밝혀졌다
고 한다.

　거대한 반구형의 스투파佛塔 상단에 포개져 있는 열세 개의 둥근 원과 해탈에 이르기 위한 13단계의 과정을 뜻한다는 열세 개의 둥근 원들 사이로 마니차 돌아가는 소리가 끝없이 들린다. 밤의 계단을 조심스레 밟아 내려가는 길. 순례객들 떠난 밤의 스와얌부나트 사원에는 떼 지어 다니던 원숭이 가족들도 잠자리를 찾아들고 이내 머금은 반얀나무 나뭇잎 사이 반딧불이 날고.

죽음의 축제 가이 자뜨라^{Gai jatra}

가이 자뜨라(가이Gai는 소, 자뜨라jatra는 축제)
가 시작되는 이른 아침부터 타멜 거리는 북과
꽹과리 소리가 이끄는 성대한 퍼레이드로 발
디딜 곳이 없을 정도다.

박타푸르의 네와리 족이 주도하는 축제
가 가장 아름답고 화려한 것으로 알려져 있는
가이 자뜨라는 본시 카트만두에서 비롯되었
으며 네팔의 바 하드라 절기(8월~9월)를 축하
하기 위한 축제로 중세 말라 왕 때부터 전통적
으로 자리매김되었다고 한다.

이 축제는 고대 '야마라지'라는 죽음의
신을 경배했던 것에 근거하며 어느 가족이든

가족 중 누구 한 사람이라도 잃었으면 반드시 한 마리의 소를 대동하고 행렬에 함께 해야 한다는 유래가 있다. 집안에 소가 없는 경우 어린 소년을 소처럼 꾸며서 가장행렬에 참여케 한다.

축제에 사용하는 소는 네 종류로 살아있는 소, 대나무로 만든 소, 소로 변장한 아이, 그리고 진흙으로 빚은 소가 있으며 보통 죽은 사람이 젊은이인 경우 아침 일찍, 나이든 사람인 경우는 낮에 행진을 하는데 한 해 안에 죽은 자의 영혼을 소가 인도하여 바이타라니Baitarani강을 무사히 건너게 한다는 축제가 가이 자뜨라다.

소로 분장한 어린 아이들에게 돈과 과자와 음료를 건네기 위해 수없이 몰려드는 카트만두 시민들로 더르바르 광장에 이르는 미로와도 같은 바자르 길은 발 디딜 곳 없이 인산인해를 이루었다. 사람이 죽으면 반드시 소가 와서 지하의 신 야마Yama에게 인도한다고 믿는 그들의 내세관에 동참이라도 하려는 듯 새떼들도 분주히 바산타피 더바 광장의 창공을 떼 지어 날아오른다.

페와호변의 오후

간밤의 폭우로 반디푸르행을 내일로 미루고 숙소에서 빠른 걸음으로 30분이면 닿는 페와호수의 서쪽 끝자락으로 갔다가 케다레조 사원을 찾았을 때는 마침 시바Shiva신에게 올리는 봉헌과 기도 축제가 한창이었다.

케다레조 사원 밖 웅장한 나무 그늘 아래서는 아이들이 탁구를 치고 있는데 정식 탁구대가 아닌 콘크리트 탁구대인 데다 네트 있을 자리에 돌을 세워 놓았다. 열악한 환경에서도 아이들의 웃음소리는 싱싱하기 그지

없어서 지켜보는 사람의 입가에도 미소가 떨어지지 않는다.

한가롭게 물속을 유영하는 검은 소 떼들, 레인보우松魚 낚시 하는 깨복쟁이 동네 꼬마들, 달밧 함께 먹자 권하는 풀밭의 네팔리 가족들과 한참을 놀다가 호수의 잔물결이 발목

까지 밀려드는 야외 카페에서 노트북 펼치고 고르카Gorkha맥주 한 병에 로
컬 샌드위치를 주문했다.

존재의 피돌기를 정화시키는 페와, 바라보는 순간의 그때, 그때의 마
음 상태에 따라 파랑의 세기와 물빛의 기울기가 하염없이 달라져 보이는
페와.

써내려가던 글을 닫을까, 표류하는 마음을 닫을까 망설이는 사이 다시
잔비 내리기 시작하는 페와호변의 오후다.

아아, 히말라야!

/

밤새도록 내린 비 탓인지 페와호수에서 불어오는 바람이 이리도 삽상할 수가 없다. 숙소에서 나와 매일같이 아침식사 하는 '올리브 카페'로 향하는 발걸음에 분명 날개가 달린 것 같다.

'올리브 카페'는 무료 와이파이, 커피 테이크아웃이 가능하고 빵이 맛있어서 유럽 여행객들이 많이 오는 곳인데, 오늘 아침식사는 무려 350루피의 콘티넨탈 블랙퍼스트에 90루피를 더 주고 커피 리필을 했다. 460루피면 우리 돈으로 5천 원 남짓.

히말라야 연봉連峯과 마주앉아 식사를 하고 커피를 마신다. 카트만두 타멜의 한국식당에서 만난 어떤 이는 포카라에 네 번이나 갔어도 히말라야를 보지 못했다고 했는데, 포카라에 온 지 사흘 만에 내가 만난 히말라야다. 아아, 목구멍으로 커피가 넘어가는지 히말라야 설산의 눈 녹은 물이 흘러 들어가는지 알 수가 없다.

마차푸차레

안나푸르나와 마차푸차레를 향해 달리는 고물 택시는 해발 무한 고도에 승객을 부려놓는다. 하늘에 채이는 돌부리가 만만치 않기 때문이다. 구름장들이 창턱까지 잇닿은 마을의 방마다에서도 그이와 그녀들이 사랑을

나누고 어린 것에게 젖을 물리고 논농사 밭농사를 짓고 타지에서 온 사람들에게 입장료를 받는다.

마차푸차레 농업 회사Machhapuchre Krish Kendra의 관문을 통과하면 드높은 산과 산 사이 물보라 뿜으며 쏟아지는 폭포수가 제일 먼저 눈에 들어오는데 놀랍게도 폭포수 아래 거대한 송어 양식장들이 논두렁 밭두렁인 양 즐비하다.

뜰채로 건진 송어를 화덕에 굽고 에베레스트맥주 한 모금을 단숨에 들이켜노라면 "선곈仙界가 옥곈玉界가 인간人間世이 아니로다" 어부사시사漁父四時詞 한 구절이 절로 읊조려지는 마차푸차레. 그랬다, 한 생애를 다해 울며 울며 그토록 오래 찾아 헤매었던 시원始原의 시공간이 있다면 바로 여기쯤이 아니겠는가! 생각되어지는 것이다.

반디푸르

밤새도록 세찬 비 내리고 아침나절에도 잔비 흩뿌렸지만 기왕에 가려고 마음먹었던 반디푸르행을 감행하기로 했다. 네팔의 여러 다른 도로와 달리 우리나라의 국도나 지방도만큼이나 잘 포장된 트리트비 국도를 달리는 동안은 출발할 때의 우려와는 달리 비 잔뜩 머금은 구름장들 물러나고 청명한 바람까지 불어주었다.

왁자지껄한 난전亂廛, 뒤엉킨 차량들로 붐비는 둠레Dumre 읍내를 벗어나기 시작해서부터 영원처럼 이어지던 7킬로미터의 산길은 내려다보는 것만으로도 살아온 생애 전부를 지불해야 할 것같은 아찔한 벼랑의 연속이었는데, 좌로 우로 굽이치던 산모롱이의 끝자락 100미터 남짓한 벼랑 저편에 수백 년 이상 된 네와르풍의 붉고 노란 건물들이 와락 꿈처럼 눈앞에 펼쳐지는 것이다.

본래는 딴센Tansen 인근의 타나훈 왕국Tanahun Kingdom에 속한 마가르족 마을Magar Village이었으나 사하 왕이 네팔을 통일한 후 카트만두 분지의 네와르 족들이 인도와 티벳 교역로를 오가기 시작하면서 네와르Newari 마을로 변모하기 시작했다는 반디푸르Bandipur 마을에 마침내 닿은 것이다.

포카라가 안나푸르나의 만년설 덮인 연봉들의 실루엣 속에 깊숙이 감싸인 분지라면, 해발 1,030미터 산등성이에 성채처럼 서 있는 네와르족 마을 반디푸르는 히말라야의 장엄한 산맥들, 그 파노라마를 한눈에 들여놓을 수 있는 경이로운 신의 전망대라고 표현되어 마땅하겠다.

빈데바시니 사원Bindebasini Mandir 가까운 '케 가르네K Garne' 식당의 깎아지른 벼랑 끝 옥외 테이블에서 고르카Gorkha 한 병과 우리나라 오이와 흡사한 쿠쿰바Cucumber 한 접시를 주문해서 먹으려는 순간 엄청난 속도로 구름장들 몰려오더니 이내 잔나비 발목만치나 굵은 장대비 또 내리기 시작한다.

빈디야바시니 사원의 결혼식

오후 들어 빗줄기 잦아들고 어제의 반디푸르행으로 지친 몸도 어느 정도 회복되는 듯해서 아침을 먹는 둥 마는 둥 포카라 시내에 있는 올드 바자르 옆 빈디야바시니 사원으로 왔다.

파괴의 신 깔리 여신을 모시고 있는 빈디야바시니 사원은 매일 아침 닭과 염소 등의 번제燔祭를 치르는 것으로 유명한 곳인데, 내가 사원에 도착해서 제일 먼저 본 것은 희생제가 아닌 전통 혼례를 치르는 성장盛裝한 남녀의 결혼식이다.

내가 보기에 족히 신랑의 엄마뻘인 폴란드 신부와 젊디젊은 네팔리 신랑과의 야외 결혼식. 조금쯤 장난기도 발동하고 해서 신부 측 친구에게 물으니 네팔에 여행 온 폴란드 여인이 네팔의 훈남과 사랑에 빠졌으며 그들은 영원히 네팔에 머물며 사랑을 지켜가기로 했다고 한다.

물장구치는 마음

페와호수가 손 뻗으면 닿을 만한 곳에 숙소를 잡고, 하루에 두 번 밥집을 찾아 헤매고, 끝없이 걷고, 지축을 울리는 천둥소리에 잠 못 드는 밤도 열하루 째로 접어들었다.

대오를 이탈한 단봉낙타 한 마리. 무리를 찾는가, 사막의 끝을 찾아 헤매는가. '사막에서의 유일한 그늘은 자신의 그림자'라는 말이 귓전을 울리는 날의 이른 아침에 비슈누의 멧돼지 화신인 바라히Varahi를 모신다는 작은 사원이 있는 섬으로 왔다.

손바닥만 한 섬의 작디작은 사원과 수없이 많은 비둘기들과 너무도 청명한 바람에 그동안 몇 차례나 숙소를 옮겨 다니며 앓았던 시름이 잠시잠깐이나마 녹는 듯하다. 그 어떤 신성한 존재라 해도 같은 강물에 두 번 발담글 수 없겠으니 이대로 호수에 발을 내리면 어찌 될까? 참으로 오랜만에 물장구치는 마음이 되어도 본 하루다.

포카라의 반딧불이 준^{Jun}

한 달째 머물고 있는 포카라 숙소에 주인이며 종업원들이 함께 기르는 개가 한 마리 있다. 이름은 준키리^{Junkiri}, 줄여서 준^{Jun}이라고 부른다. 준키리는 반딧불이^{Firefly}라는 뜻이다.

해발 수천 미터 고지 사랑코트^{Sarangkot} 바위 틈에서 비에 젖은 채 떨며 웅크리고 있던 버려진 강아지를 숙소의 주인 아들인 니르완^{Nirwan}이 데리고 와서 여섯 달째 돌보고 있는 중이라고 했다. 종류를 물으니 믹스, 칵테일이라고 하는데 포카라의 레이크 사이드를 떠돌아다니는 수없이 많은 개들과 흡사한 생김새다.

준은 석 달 전 교통사고를 당해 돌이킬 수 없는 척추 손상을 입었다. 스스로 용변을 볼 수 없으며 하루에 다섯 번 이상 기저귀를 바꿔주고 척추며 발목의 관절 보호대를 몇 번이고 갈아 끼워줘야 하는데 상처 부위가 가려운지 끊임없이 발목을 핥아대지만 사람을 볼 때면 언제든 뛰어와 핥고 부비고 입 맞추며 환호하는 준이다.

　그토록 험한 사고를 당한 불구의 고통 속에서도 항상 즐겁고 행복해하는 강아지, 발 없는 발로 춤추듯 뛰어다니는 준, 준키리를 볼 때마다 꿈꾸듯 장엄한 히말라야 연봉들이며 어떤 위대한 경전을 펼치는 것보다 숙연한 마음이 드는 것은 비단 나만은 아닐 것이다.

담푸스

/

해발 1,650m 담푸스^{Dampus}에 올랐다.

날씨 흐린 탓에 마차푸차레며 안나푸르나 1봉^峰의 선명한 모습을 볼 수는 없었지만 깎아지른 바위 벼랑에 초막^{草幕}을 짓고 사는 이들의 풀잎 닮은 웃음, 굵게 팬 주름고랑마다 햇빛이 물살처럼 반짝이며 흘러가는 것을 본다.

도시가 세워지고 교역이 오가고 문명이 꽃피고 큰 바람에 업혀온 작은 바람이 눈앞에 가득한가 했더니 멀리 아득히 어느새 흩어지고 없다.

산이 그곳에 있으니 시절 인연을 옮겨 다니며 사람이, 바위가, 초목이, 하늬바람이 거기에 포자처럼 깃들여 살았으리라.

포카라 일주

일본 불교의 한 종파인 일련정종日蓮正宗의 불탑인 산티 스투파Peace pagoda는 히말라야의 심장이라고 할 수 있는 페와호수의 어느 쪽에서나 올려다 보인다.

산티 스투파 맞은 편 히말라야 전망대 사랑코트Sarangkot 봉우리에는 지금도 일본의 자본으로 엄청난 규모의 리조트를 짓고 있는데, 일본인들의 발 빠른 영토 점령은 차치하고라도 개발 허가권을 남발하는 네팔 정부의 한심하고도 안이한 개발 정책에 아무리 참으려고 해도 부아를 내지 않을 수가 없다.

땡볕 속 페와호수를 따라 한 시간여를 걷다가 택시를 불러 타고 1961년 스위스 여인 데비가 갑자기 불어난 물에 휩쓸려 사망한 후 데비스 폴Devi's Fall이라는 애칭으로도 불린다는 빼달레 창고Patale Chango에 왔다. 빼달레 창고는 침식으로 인해 땅속으로 물이 꺼지는 구조를 지닌 폭포다. 오늘은 수

위가 그다지 높지 않았지만 그 유래를 알아서인가, 작은 폭포 앞에 서있는

것만으로도 몸이 단숨에 그 속으로 휩쓸려 들어가는 듯 어질어질하다.

　빼달레 창고에서 그리 멀지 않은 곳이라 움직인 김에 2004년 약 6만

제곱미터의 부지에 개관했다는 국제산악박물관International Mountain Museum을 둘러보았다. 국제산악박물관은 네팔에 사는 여러 민족의 의상, 생활 양식, 세계 최고봉最高峰의 전문 사진들, 지형과 식생, 동식물 등 히말라야에 대한 전 분야를 전시해 놓은 곳이다.

국제산악박물관 가까이에는 1965년 설립되어 탁아소, 학교, 불교 사원, 카펫 공장, 직업 훈련원 등 약 8백여 명의 티베트인이 거주하는 티베트인 정착촌인 따실링 티베탄 난민촌Tashiling Tibetan Settlement이 있는데 난민촌을 오래 서성이다 보니 금세 날이 어두워졌다.

다리에 쥐가 나도록 포카라 일대를 돌아본 하루다. 오늘 모처럼 비가 오지 않았다 싶었더니 우르르 쾅쾅 먼 우레가 어느새 지축을 울리고 있다.

나고 늙고 병들고 죽으매

/

포카라 페와호수 옆 케다레조 사원Kedaresor Temple에는 매주 월요일 시바Shiva 신에게 올리는 봉헌과 기도, 축제가 열린다.

페와호湖 물껍질을 찢어발기며 금세라도 뱀장어 몇 마리 솟구쳐 오를 것 같은 레이크 사이드 땡볕 속을 걸어 케다레조 사원 가는 길, 안으로 내몰고 밖으로는 격천분류했을 세찬 물줄기들 본다.

사막의 모래 속으로 흐르는 강 와디. 수 세기 동안 햇빛과 모래와 바람에 풍화한 나머지 것들 켜켜이 쌓여 마침내 광활한 소금사막을 이루었겠다. 바람화석, 새소리화석, 빗방울화석보다 더 깊이 파묻힌 시간의 유적遺蹟과 빛의 유물遺物과 그림자 유구遺構들이 발굴되는 먼 먼 어느 날엔가 만유의 역사는 다시 씌어지게 될지도 모르는 일!

완만한 구름이 집집의 지붕 위를 흘러가는 네팔 포카라에 온 지도 어느덧 한 달이 다 되어 가는데 만상부운萬象浮雲… 차일此日이 곧 피일彼日일

것이어서 먼 곳에서 온 사람 다시 더 먼 곳을 떠도네. 나고生 늙고老 병들고
病 죽으매死 오늘 만난 그대처럼 아름다운 사람이 없네.

　내일은 새벽같이 포카라에서 출발, 쿠수마Kushma를 거쳐 해발 2천 미
터 바그룽Baglung을 향해 떠난다.

타멜에 내리는 비

아침 8시 포카라에서 출발, 금세라도 굴러 떨어질 것 같은 아슬아슬한 벼룻길을 달리고 달려 카트만두에 도착하니 오후 3시다. 직행버스로도 꼬박 7시간 걸렸다.

포카라로 떠나기 전 열흘 이상 머물렀으니 버스 터미널에서부터 걸어도 타멜 스트리트에 닿는 데는 별 어려움이 없다. 사흘쯤 머물 숙소를 정하고 작은 여장을 풀고 네팔리 친구 모한, 이스월과 만나 어젯밤 한국에서 온 한국종합예술대학교 대학원생들이 모여 있는 장소로 갔다.

네팔리들의 주식인 달밧을 만들어 먹으며 전기가 들어왔다, 나갔다하는 어둑한 실내의 촛불 아래서 한 달 보름여 동안 네팔의 여기저기를 주마간산 떠돌아다니며 내가 본 것들, 느낀 것들을 얘기했다. 떠도는 자의 애환이 이목구비 지워진 단 한 점 촛불 그림자로 일렁였을 밤, 타멜 스트리트를 휘감는 빗줄기 잠잠 이어지고 있다. 모래의 승객들을 어딘가에 부려놓으려고 쉼 없이 낙하하는 유리대롱 같은 빗줄기들……

킹스 로드

파탄 더르바르 광장에 가려고 했으나 온종일 거세게 내리붓는 비에 갇혔다. 대신 네팔 온 이후 처음으로 릭샤를 타고 킹스 로드를 한 바퀴 돌아보기로 했다.

네팔의 수도 카트만두의 중심지이자 여행자 거리인 타멜 지구는 곳곳 팬 물웅덩이와 부서진 시멘트 도로의 요철 부위를 피하느라 택시와 오토바이, 사람들, 릭샤 들이 들끓는 잼 냄비 속처럼 뒤엉키기 일쑤. 왕궁이 바라보이는 킹스 로드가 시작되는 지점부터 위험은 더욱 가속화된다.

네팔 전역에 신호등이 없다. 있는 곳이 더러 있어도 전력 사정으로 불이 안 들어오니 장식용일 뿐. 중앙선 없고 횡단보도 따로 없으니 내가 탄 릭샤, 손잡이 부서지고 앞으로 15도 각도 쏟아질 듯 기우뚱한 고물 릭샤는 다섯 번도 넘게 질주하는 오토바이 운전자의 팔꿈치에 부딪치고 서너 번은 족히 마주 달려오는 자동차의 백미러와 드잡이했다.

며칠 전 수나코티를 빠져나오던 링 로드에서는 내가 탄 택시와 달려오던 버스가 휘청할 정도로 부딪치는 접촉사고가 있었는데 차량만 긁히고 우려할 만한 인명 피해가 없는 것으로 판단했던지 버스 기사와 택시 기사가 각각의 차에서 뛰어내려 금세라도 상대방의 목을 쥘 듯이 언성을 높이다 말고 한 순간 각자의 방향으로 가던 길 가는 것으로 사건 종료였다.

"낡고 우그러진 택시에 흠집 좀 나면 어때. 보험? 그딴 것 들어놓은 바 없으니 한 바퀴라도 더 굴리는 것이 밥 안 굶고 사는 최선의 방책"이라던 택시 기사의 말이 귓전에 쟁쟁히 남아 있다.

옴 마니 반메 훔… 올 때 오더라도 몇 마디 유서라도 써놓고 올 걸! 아브라카다브라… 장기 기증 증서라도 미리 한 장 만들어 두고나 올 걸!

빗물받이 홈통 속만큼이나 졸아드는 듯한 앞날에 비손하는 심정이야 어쨌거나 링 로드, 킹스 로드를 무사히 빠져나오기는 빠져나왔으니 이 글을 쓰누나.

파탄 더르바르

"사람보다 신이 더 많은 나라 네팔"이라는 말이 생겨날 정도로 신이 많은 나라가 네팔이다. 힌두교만 해도 3,300만 명의 신이 있다고 하며 힌두교도가 국민의 80%를 넘는다는 사실이 네팔이 힌두교를 세계 유일의 국교國敎로 삼은 까닭을 능히 뒷받침하는 셈이다.

오늘 파탄 더르바르 광장Patan Durbar Square은 힌두교도들의 숭앙이 시바에 버금간다고 하는 크리슈나 탄신일을 기념하는 자뜨라(축제)로 인산인해를 이루었다.

파탄은 산스크리트어로 미美의 도시, 기원전 3세기 아소카왕 시기에 건조되었다는 스투파들이 광장 남쪽의 만갈 바자르가 끝나는 곳곳까지 산재해 있다.

파탄 더르바르의 스투파佛塔들은 대체로 17세기부터 18세기에 이르는 말라왕조 시기에 건립되었다고 하는데 동쪽에 왕궁, 서쪽에 사원이 나란

히 서 있는 스투파들은 규모의 웅장함도 웅장함이려니와 그 정교함이 보
는 이를 압도하게 할 만큼 아름다웠다.

더르바르 광장의 사원들과 왕궁, 크리슈나 자뜨라의 파탄 박물관을 곁
눈으로 둘러보는 것만으로도 숨이 가빠서 서둘러 만갈 바자르로 향한다.
활짝 들었다가 갑작스레 빗방울 듣는 날씨에 수많은 인파를 뚫고 미로와
도 같은 바자르 길을 돌아 만가히티(물 긷는 곳)에 앉아 잠시 한숨 돌린다.
서산의 해도 숨이 차는지 어느 때보다 늬엇늬엇 천천히 넘어가고 있다.

쿠마리

네팔에서는 인간의 모습으로 환생한 예지자적 존재, 나라의 운명에 관해 예언하는 신성한 영적 존재로서 쿠마리를 오랜 세월 경외와 경배의 대상으로 숭상해왔다.

네와르 불교도의 승려이자 금세공사 카스트의 사켜 일가 중 몸에 상처가 없고 피가 오염되기 전의 아름다운 소녀를 간택하여 쿠마리로 삼는데, 쿠마리는 사람들의 소원 성취와 병의 치료에 대한 기도를 들어준다고 한다.

잘 알려져 있다시피 생리가 시작되는 그날로부터 쿠마리는 신성한 존재에서 평범한 일상의 소녀로 되돌아간다. 오늘 세 번째로 들른 카트만두 더르바르 광장의 쿠마리 사원에서 살아있는 신성, 쿠마리와 마침내 조우했다.

50루피의 입장료를 내고 하루에 몇 차례 그것도 아주 잠깐 창문턱에 얼굴을 내미는 쿠마리의 모습을 보게 된 것인데, 사진 촬영을 금한다는 사원 경비들의 고함소리 속에 내가 본 쿠마리는 살아있는 신으로서의 외경적 존재가 아니라 당장이라도 사원의 문을 박차고 나와 제 또래 아이들과 뛰어놀고 싶은 열 살 남짓한 계집아이로 보였다.

무척이나 따분하고 무료해 보이는 표정으로 관광객들의 얼굴을 슬쩍 한번 일별하기 무섭게 창턱 너머로 사라져버린 저다지 무구無垢한 신성神聖!

바그룽의 소년

타멜의 내 숙소 가까운 곳 네팔리가 경영하는 한식당 '축제'에 한 달여 전 바그룽에서 일하러 온 16세의 소년이 있다. 이름은 라즈쿠마Rajkumar. 아버지는 사우디아라비아에 일하러 갔다가 그곳의 공사 현장에서 죽고 병약한 엄마와 어린 동생들이 셋이나 바그룽에 남아 있다고 했다.

포카라에 머물 무렵 해발고도 2천 미터가 넘는 바그룽 마을에 간 적이 있어 그곳의 삶이 얼마나 척박한지 잘 알고 있었던 터라 라즈쿠마를 볼 때마다 푼돈도 쥐어주고 더러 과일이며 옷가지도 사다주고는 했었더니, 하루는 불에 데거나 다치면 바르라 갖다 준 바셀린을 온 얼굴에 발라 번들거리는 모습으로 의기양양해하는 것을 보고 한참을 웃은 적도 있었다.

영어는 한 마디도 못하면서 나를 유난히 따르는 그 녀석을 불러 세워 놓고 세수하고 오라, 비누칠 안 한 것 같으니 다시 해라 손짓, 발짓으로 잔소리 해가며 일정에 여유가 있는 날 몇 마디 영어를 가르치기라도 하면 절대로 잊는 법이 없던 라즈쿠마다.

　이틀에 한 번 꼴로 점심이나 저녁을 먹으러 가거나 환전을 하러 들르기는 했지만 오전에 간 적은 한 차례도 없었던 그 식당에 오늘 처음으로 아침시각에 들렀더니 지나던 개에게 다리를 크게 물린 라즈쿠마가 종업원 숙소에서 이불 뒤집어쓰고 끙끙 신음을 하고 있다. 새벽 다섯 시경 혼자 이른 장을 보러 나섰다가 시장통을 어슬렁거리던 개에게 다리가 물린 것이다.

　핏물 밴 붕대 상태로 보아도 상처 부위가 상당히 위험하게 보여 병원을 어떻게 갔느냐, 누구랑 갔느냐고 물으니 혼자서 병원에 갔으며 치료비는 지니고 있던 돈 100루피(우리 돈 1,000원 정도)로 지불했다고 한다.

　소독약 바르고 붕대 처매주는 딱 100루피의 치료라는데, 주사는커녕 처방약조차 받지 못했다고 하니 파상풍도 염려스럽거니와 라즈쿠마를 물었던 개가 광견병 예방 백신 처치를 받았을 리 만무할 테니 더럭 겁부터 났다.

　식당의 주인 걸리안에게 계속 전화를 넣어도 불통이어서 며칠 전 반시 파티에서 함께 점심식사 했던 K목사님께 전화했더니 마침 귀국 비행기 좌석 문제로 타멜에 와 계신다며 금세 달려오시고 그 여행사의 네팔리 사장이 뒤이어 와서 라즈쿠마를 큰 병원으로 데리고 갔다.

고난과 상처로 멍에 지어진 삶이 따로 있는가. 3,300만 명이 넘는다는 힌두의 신들은 오늘 저 가엾은 아이의 안부 하나 못 지키고 죄다 어디로 갔는가. 하루 종일 망연자실한 기분으로 있다가 저녁 무렵 식당에 다시 들렀더니 바그룽의 소년 라즈쿠마의 얼굴에 발그레 화색이 돌아와 있다.

고통

짐승이 고통으로 울부짖는 소리 사람과 조금도 다르지 않다. 어제는 해발 2천 미터가 넘는 바그룽 마을에서 수도 카트만두의 식당에 일하러 온 16세 소년이 개에게 물려 신음하는 것을 보고, 오늘 지나는 차에 치인 한 마리의 개가 피투성이가 된 채 도로에서 절규하는 소리 듣는다.

허공의 숨통, 듣는 이의 오장육부마저 짓찢어놓을 기세로 운다. 저 고통, 저 울음을 태연자약 바라보는 사람들, 힐끗 바라보고는 스쳐지나가는 차량들을 보며 나는 탄식한다, 경찰을 불러달라고, 한시바삐 병원으로 데리고 가서 치료하라고, 당장 안락사라도 시켜달라고 내 안의 한 마리 짐승도 우우우 울부짖는다.

개 한 마리가 차에 치었다고 달려오는 경찰은 없다, 이 나라에서는 너무나 흔한 일이라고 말하는 사람들에게 욕설 퍼붓고 바그룽의 소년이 일하는 길 건너 식당 '축제'로 뛰어올라가 주인 걸리안에게 소리쳤다.

"저 울음소리, 저 고통을 당장이라도 멈출 수 있도록 어서 빨리 조치를 취하지 않으면 내가 전 세계 사람들에게 너희 나라의 야만성을 고발하겠다!"고.

쏟아져 나온 두개골, 핏물 가득 밴 비명소리와 함께 박스에 담긴 개는 오토바이에 실려 타멜에서 30분 거리에 있다는 동물병원을 향해 떠났다.

사람으로 몸 받거나 축생으로 몸 받거나 저마다의 한 생生을 짊어지기에는 중과부적의 고통들… 공무도하空無渡河 공경도하公竟渡河… 고통의 열하熱河를 건너는 얼어붙은 입들이여!

죽음을 기다리는 집

우산을 받아도 온몸이 젖는 세찬 빗줄기를 뚫고 파슈파티나트 Pashupatinath 사원에 도착했다. 힌두교도 외에는 입장이 금지돼 있어 사원의 본당 안으로는 들어갈 수 없다. 본당에 들어서기 전 대부분의 힌두이스트들은 본당 입구에 성채와도 같이 버티고 앉은 소에게 경배한다.

바그마티Baghmati 강물에 발 잠근 채 정물처럼 떠 있는 소떼들… 강둑 따라 늘어선 화장터Aryaghet에는 죽은 몸을 씻기고 꽃으로 장식하는 장례의식이 끝없이 이어지고 있다. 흠뻑 젖은 채 사원의 이곳저곳을 바삐 맨발로 돌아다니는 이들은 장례를 치르는 사자死者의 자식들이다. 강한 빗줄기들은 밧줄처럼 삼세三世의 인연을 동여매고 때로는 유리대공처럼 깨어져 허공에 흩어지기도 한다.

목숨이 경각에 달했지만 아직은 살아있는 자들이 속속 도착하기도 하는 집, 화장터 입구에는 '죽음을 기다리는 집'이 있다. 숨을 거두기 무섭게

가장 빠른 시간 안에 그 육신을 태워야만 생사윤회에서 벗어난다는 믿음
이 그 집을 세웠으리라.

　잠시 빗줄기들의 눈금이 촘촘해졌던가. 바그마티 강물 위 꽃잎처럼 떠
있는 소들은 인간의 주검과 그 타고 남은 재가 떠내려 오든 말든 미동조차
없다. 생과 멸이 화염에 휩싸인다. 빗줄기마다 화엄세상이 진동하고 있다.

모한

네팔리 친구 모한과 모한의 딸 아그리띠가 숙소로 찾아왔다. 셋이서 이런 저런 얘기꽃을 피우며 킹스 로드를 걸어 타멜의 중국식당에서 점심을 먹었다.

아그리띠는 18세, 오는 토요일 미국의 한 주립대학으로 유학을 떠난다. 자식의 꿈을 이뤄주기 위해 은행에 큰 빚을 내었으나 아비로서의 채무는 이제 덜었다며 마음이 더없이 홀가분하다는 모한이다.

어떤 인연이 이끌었는지 네팔에 도착하기 무섭게 내가 큰 곤경에 처했을 때 만난 모한은 이 땅에서 부딪친 상한 속마음을 열어놓고 말할 수 있는 유일한 네팔리다.

모한과 아그리띠를 보내고 숙소로 돌아와 죽은 듯 깊은 잠에 빠졌다 깨어나니 사위가 어둑신한 저녁이다. 한국에 있었으면 저녁밥 안치고 무 썰고 파 다듬어 된장국 끓일 시간인데 여기, 여기가 어딘가? 멀고 외롭고 아득하기만 한 타멜의 일몰시각……

보우더나트

반숙 달걀 두 개와 코코아 한 잔으로 아침 겸 점심을 숙소에서 간단히 때우고 네팔 최대의 스투파 보우더나트로 가기 위해 로컬 택시를 탔다.

보우더나트Boudhanta는 카트만두와 라사를 잇는 히말라야 교역이 성행했을 때부터 신성한 기운이 가득한 성지聖地라 하여 티벳의 상인들과 순례자들의 오체투지가 끊이지 않은 불탑이다. 탑의 구조가 만다라 형식을 띄고 있으며 15세기 이슬람교 도들이 파괴한 후 다시 지어졌다고 한다.

순례자들이 저마다 기원의 버터 램프를 돋우는 성소 보우더나트 4층의 대좌는 땅, 반원형의 돔은 물, 사방을 응시하는 눈과 13층

의 첨탑은 불, 둥근 우산 형태는 바람, 뾰족한 작은 첨탑은 하늘로 우주를 구성하는 다섯 가지 원소로 구성되었다.

스투파의 위 아래로 운집한 참배객들의 애옥살이 근심과 소망과 기원 위로 금세라도 한바탕 비 쏟아 부으려는 듯 흐린 구름장 짓찢으며 날아오르는 검은 새떼들 본다.

시낭독회와 아그리띠의 송별식

카트만두의 한 아트센터Nepal Art Council에서 미국의 초청시인 윌리엄 스테판 월락Willim Stefan Wolak의 문학 강연과 네팔 시인들의 시낭독회가 열렸다. 뉴저지의 시인 윌리엄 스테판 교수의 체험적 진실에 대한 강연은 생각보다 많은 사람들이 모이지는 않았지만 열기는 뜨거웠고 네팔 현대시단의 한 면모를 접할 수 있게 되어 의미가 깊었다.

갑작스런 초대여서 나는 마침 외우고 있던 자작시 한 편을 한국어로 낭독했고, 시의 의미가 전달되었을 리 없었겠으나 스테판을 비롯해서 영어로 번역을 해보고 싶다는 네팔 시인들의 제안을 받기도 했다.

시낭독회가 끝나고 곧바로 모한의 딸 아그리띠의 미국 유학 환송회가 예정돼 있어 윌리엄 스테판, 네팔의 시인들과는 수일 내 다시 만나기로 하고 아트센터에서 멀지 않은 모한의 집으로 향했다.

따로 선물을 하는 대신 네팔에 머무는 동안의 경비를 최대한 절약하기로 하고 아그리띠의 장도를 축하하는 짧은 편지와 함께 지니고 있던 달러들을 여비에 보탰다. 아그리띠의 커다란 맑은 눈에 괴던 눈물, 그 물빛을 오래도록 잊지 못하리라.

모한의 가족들, 아그리띠의 친구들이 아래, 윗층으로 자리를 옮겨가며 밤늦도록 대화와 노래와 춤이 이어졌다. 마침 자리에 동석한 두 명의 네팔 화가들이 나도 모르는 새 내 캐리커처를 그려서 내미는데 한 사람의 모습이 저리도 다르게 비춰질 수 있다니, 놀라운 마음이 들기도 했다.

자고 가라, 데려다 주겠다는 고마운 마음들을 뿌리치고 택시를 타고 숙소로 돌아와 죽은 듯 깊은 잠을 잤는지 깨어나 보니 사흘 만에 비 그친 타멜의 눈부시게 맑은 아침이다.

네팔 박테리아에 감염되다

하루나 이틀 지나면 자정작용에 의해 낫지 않을까 싶어 병원 가기를 미루었었다. 낮 시간대는 가라앉는가 싶고 밤 시간 내내 참을 수 없는 격통과 설사에 닷새를 시달렸다.

병명이 급성세균성 설사Acute Bacterial Diarrhea. 복통과 설사의 주범이 박테리아란다. 도저히 더는 고통을 참을 수 없어 숙소로 택시를 불러 오늘에서야 카트만두 주재 영국대사관 앞에 있는 Ciwec Hospital에서 진료 받았다.

입국 비자비용 외에도 어떤 형태로든 호된 값어치의 퍼밋이 필요했던 것. 여행자의 안위를 호락호락하게 책임져주는 어떤 국경수비대도 없음을 절감한 날이다.

20루피Rs~100루피Rs 고무줄 가격의 미네랄워터만 사서 마시다가 단 한 차례 끓인 물인 줄 알고 식당에서 무심코 들이켠 보리차 색깔의 물이 화근이 된 것일까? 길거리에서 갈아서 파는 망고 주스를 몇 번이고 한 끼 식사대용으로 들이켠 탓이었을까?

6월 9일 네팔에 도착한 후부터 몇 차례고 배탈 증세가 있었지만 이 정도로 고통이 심하기는 처음이었는데 청결하다 못해 아름답기까지 한 병원에서의 단 10분 진료와 처방약 몇 알에 진료비가 무려 100달러. 네팔인들은 꿈도 꾸어보기 힘들다는 외국인 전용병원으로 더러는 네팔의 최고 부유층들이 드나든다고 하는 Ciwec Hospital에서의 진료다. 대기실에 앉아 기다리는 환자를 담당의가 직접 맞으러 나오는 최상의 의료서비스는 인상적이었지만 100달러면 네팔의 중산층 한 달 급료에 육박하는 돈이다.

토스트와 달걀 오믈릿, 토마토와 바나나 버터구이에 리필 되는 커피로 차린 아침식사 비용이 200~300루피로 진료에 포함된 금액이라니 뱃속에 도로 집어넣어도 시원찮을 괘씸하기 짝이 없는 네팔 박테리아가 아닌가.

나야 이 나라에 입국하기 전 여행자보험을 들어놓았으니 귀국 후 되찾으면 되는 돈이긴 하지만 처방약을 먹고 진통이 멎은 후에도 자꾸만 배가 아파오는 것은 이 나라, 이 땅의 척박한 민중들로서는 꿈에도 다가가 보기 어려울 만큼의 턱없이 높은 의료비 탓.

진료내역서와 처방약을 꼼꼼이 살펴보던 숙소의 객실담당 직원이 말하기를 "약값은 200루피면 딱입니다!"다. 불과 2달러밖에 안 되는 약값에 의료진 10분 면담 비용이 물경 99달러가 넘었던 것이다!

바부스님

장염에 걸려 탈진해 있을 무렵 죽이라도 끓여 달라 부탁할 요량으로 타멜 거리의 한국식당에 갔다가 만난 한 스님이 있다. 그는 스스로를 일컬어 바부스님이라고 했다.(네팔의 아기들/청년들이 자신을 그렇게 부르며 바부는 아버지라는 뜻이란다.)

"아프세요? 아파라, 아파라, 더 아파라 하세요. 저도 그러고 삽니다."

치아가 하나도 없다. 입술 끝이 귓불에 걸리도록 활짝 웃고 있다. 훤하게 드러나는 입속의 검은 동굴! 이빨 몇 개가 썩고 흔들리기에 몇 해 전 치과에 가서 몽땅 뽑아버렸더니 이렇게 시원할 수가 없단다. 고기 안 먹으니 뭐든 우물우물하다 꿀떡 삼키면 그만이란다, 탈난 적 없단다.

10년 동안 경상도의 깊은 산에서 토굴생활, 텐트 하나로 바람막이 했으나 건강하게 살았다 하신다. 수행이라는 말, 참선이라는 말을 결코 입에 담지 않는다. 세간世間 나이 이제 쉰 어름일 뿐인데 볼수록 하회탈 닮아 마주앉은 사람에게조차 무한 웃음을 감염시키는 스님이다.

셰르파 한 명과 한 달 동안 5천 미터 고지 히말라야 등정 후 내려왔는데 몬순시기의 히말라야는 더욱 외롭고 그래서인지 더욱 빛나더라, 천지간이 그토록 아름답더라 하신다. 함께 지내던 셰르파와 헤어질 때는 서로 부둥켜안고 하염없이 울었다고…….

어제 타멜의 그 식당을 찾아가 들으니 바랑에 남은 돈(루피)을 식당에서 일하는 아이들에게 일일이 나누어주고 그예 한국으로 떠나셨다 한다. 차 한 잔, 모모(만두) 한 접시를 시켜도 종업원들에게 잊지 않고 팁을 쥐어주시던 스님, 내가 도움 받아 이곳에 왔으니 나보다 가난한 이들에게 나누어주는 건 당연한 일이라 하시던 바부스님.

나하고 만난 시절 인연이 귀하고 소중하다 하시며 떠나기 전 사흘에 걸쳐 몬순히말의 산록에서 찍은 사진 수백 장을 카카오톡으로 보내주셨다. 나는 봄, 여름 이미 두 차례나 다녀왔으니 이 사진들은 모두 너의 것이다. 아직도 수천 장 더 남아 있으니 필요하다 하면 언제든 보내주겠다고 하시며.

그날 이후 내가 수나코티로 갑자기 떠나게 되는 바람에 다시 만나지는 못했지만 바부스님의 그토록 환한 웃음을 떠올릴 때마다 수만 가지 마음의 병으로 시름 앓는 내 입술 끝에도 그 웃음 닮은 미소가 슬며시 번지려는 것을 막을 수가 없으니.

수나코티의 비

아침부터 흐리더니 그예 또 비 흩뿌리는 날씨다. 타멜에서 15킬로미터 정도 떨어진 수나코티에서 12인승 삼륜차 템포(일명 툭툭이)를 타고 출발, 사또바또에서 내려 로컬 버스로 갈아탄 뒤 너쿠의 '카트만두 한글학교'에 도착한 시각이 오전 9시 30분이다.

기원전 3세기 아소카왕이 세웠다는 스투파들과 중세 네팔의 유적들이 보존되어 있는 옛 파탄 왕국의 더르바르 광장을 거쳐 뱀이나 벌레, 잡귀와 재앙을 물리친다는 주술적인 의미로 소의 오줌과 황토를 이겨 붉게 칠한 중세도시 파탄의 문지방을 넘었다.

광장 남쪽의 만갈 바자르를 헤매다 러건켈 재래시장에서 찬거리와 과일을 사서 돌아와 아욱국에 밥 말아 먹고 망고 몇 개 깎아먹고 나니 뱀처럼 긴 네팔오이 찌찐도 마냥 굵고 긴 빗줄기가 수나코티 집집의 지붕 위에 투둑툭 떨어지는데 시계를 들여다보니 밤 9시 30분이다.

박타푸르

카트만두 분지의 세 번째 도시, 한때는 카트만두 분지 전역의 수도이기도 했던 박타푸르에 왔다.

15세기에서 18세기 밀라 왕조 시기 네와르 문화의 최대 전성기를 누

리며 '귀의자의 도시'라 불릴 정도로 번성했던 옛 왕국인 박타푸르는 다음 주 월요일부터 시작되는 가이자뜨라(카우 페스티벌)로 인해 몇 개 없는 게스트 하우스에 벌써부터 남아 있는 객실이 없을 정도로 여행객들이 북적이고 있다.

베르나르도 베르톨루치 감독의 영화 〈리틀 붓다〉의 촬영지로도 널리 알려진 박타푸르의 밤이 외롭게 무르익어간다.

귓전에는 저녁 무렵부터 사원의 곳곳에서 흐느끼듯 탄주하는 버전 소리, 망막 속으로는 게토(화장터)의 타고 남은 잔해들⋯ 시고도 달콤해 헐은 입 안 가득 머금어보았던 왕의 요크르트 즈즈다히와 나트폴 사원에 지던 붉디붉은 낙조⋯⋯.

마야의 집

18세기 초에 지어진 카트만두 분지 내에서 가장 높은 사원, 높이가 30미터에 이르는 박타푸르 나트폴 사원Nyatapoila Temple 우측의 돌길 바자르가 끝나는 골목길에 마야Maya의 집이 있다. 백 년 전 건조된 네와르 전통가옥 마야의 집.

마야는 네팔에 정주하는 한국인들에게 네팔어를 가르치는 31세 네와르족 처녀다. 몇 번의 식사를 나누고 해발 2,100미터 나가르코트 마하데오포카리 정상 View Tower에서 아침노을을 함께 보며 정이 듬뿍 들었는데, 마야의 집에 오늘 달밧 점심을 초대받았다.

함부로 넘나드는 쥐와 고양이들 탓에 창문도 방충망도 없는 창들은 층층이 암막커튼을 달아놓아 대낮에도 깜깜하기 그지없

고, 화면은 안 보이지만 그런대로 소리가 잘 나온다는 흑백텔레비전 한 대 외에는 문명의 흔적이라곤 찾아볼 수 없는 마야의 집이다.

어둡고 작은 부엌에서 마야는 나를 위해 닭고기 듬뿍 넣은 달밧과 왕의 요구르트 즈즈다히를 마련해 놓았다. 짚으로 얼기설기 엮은 부엌 바닥에 앉아 나는 세상에서 가장 야속하게 미끄러운 달밧을 손가락 가득 움켜쥐고 먹는 기쁨을 맛보았다.

마야가 설거지를 하려고 물을 길러 간 사이 부엌의 흙벽에 기대 잠깐 졸았던 것 같다. 한 줌도 안 되는 시를 나직이 속으로 중얼거렸던 것도 같다.

마야의 집에는 빛바랜 커튼 사이 간간이 스며들어와 골골이 붐비는 빛. 만지면 금세라도 바스라져버릴 것 같은 적막.

마야의 집에는 마야와 마야의 형제들을 키우느라 평생을 독신으로 살아온 77세 마야 이모의 나직한 웃음이며, 남은 생을 히말라야 산록으로 올라가 양과 염소 떼를 키우며 '히말의 아내'로 살고 싶어하는 마야의 잔잔한 꿈이 있다.

창구 나라연 사원

카트만두 분지에서 동쪽으로 21킬로미터 거리에 있는 사원 창구 나라연, 2011년 일본의 자본으로 만든 아르니코 하이웨이를 따라가노라면 릿치 왕조 시대인 323년에 창건된 창구 나라연Changu Narayan 사원이 나온다.

무굴제국의 침입으로 붕괴되어 1702년 재건된 모습이지만 네와르 시대의 빼어난 장인들의 손길로 다듬어진 돌조각, 나무조각들이 볼수록 섬세하고 볼수록 고색창연하다.

본존 정면에 나라연 신神을 향해 합장하는 말라 시대의 부피틴드라 국왕과 왕비의 동상이 있으며 사원은 세계문화유산에 등재돼 있다.

해발 1,541미터 단 한 개의 거대한 바위 위에 조성된 사원의 돌계단 바자르 길을 오르니 카트만두 시가지가 단숨에 훤히 내려다보인다. 시간과 공간의 경계를 열어젖히며 불어오는 듯 뺨에 와 닿는 바람 이다지 삽상할 수가 없다.

347

미소

요즘의 내 마음 제대 말년의 병장의 심정과 흡사하리라. 우기雨氣의 네팔을 떠나 집으로 돌아갈 날이 머지않았다. 이 땅에 머물렀던 석 달여 동안의 슬픔과 환호, 떨림과 두려움의 시간들이 내 안에서 임무 교대하듯 교차했던 듯하다. 홀로 부산하게, 때로는 간절한 마음으로 움직여 갔던 멀고도 아득한 여로.

담푸스에 머물 때 잠시 스쳤을 뿐인 한 여인의 미소가 때때로 떠올라 온다. 무겁디무거운 등짐을 지고 길을 재촉하면서도 힘든 기색 하나 없이 어찌나 평화로운 미소를 띠고 있던지. 가는 사람 불러 세워 사진 한 장 찍어도 되겠느냐 물으니 등짐 진 그대로 멈춰 서서는 볼우물 가득 환한 웃음을 머금었었다.

네팔에 머물렀던 석 달 동안의 기억이 그 여인의 미소, 그 여인의 등짐 무게로 다가올 때가 있다. 그이의 한 줌 미소가 나의 전생前生이거나 후생後生이 아닐까 생각될 때가 있다.

소의 잔등에 올라앉은 새
그토록 오래 날아가지 않았으니

장대비 뚫고 옮겨온 포카라호변 옆 숙소에 wi-fi가 이제야 작동된다라고 쓰는 순간 다시 정전이다. 어둠 속을 더듬어 콘센트를 찾으니 숙소 측에서 가동한 동력기로 천정에 매달린 선풍기만 가까스로 돌기 시작한다.

온종일 사랑코트에 머물다 페와호변으로 되짚어 내려온 하루다. 흐리고 빗방울 듣는 날이어서 안나푸르나와 마차푸차레 연봉連峯은 보이지 않았지만 바람 달고, 구름 만화경처럼 펼쳐지고, 깎아지른 낭떠러지 아래 펼쳐진 풍경은 발을 헛디디고 싶을 만치 아름다웠던 히말라야의 밤이 깊어간다.

집으로 돌아갈 날짜를 헤아리다 사랑코트에서 찍은 사진, 페와호변에서 찍은 사진 들여다보는 밤.

소의 잔등에 올라앉은 새 그토록 오래 날아가지 않았으니…….